Sonya
ソーニャ文庫

死神元帥の囚愛

市尾彩佳

JN136703

イースト・プレス

contents

プロローグ

わたくしにはもう、何もない……。

ドレスをはぎ取られ、下着を脱がされながら、エルヴィーラはぼんやりと思う。

肉親を殺され、王女の身分も剝奪《はくだつ》された。

王女に生まれ、王女にふさわしくあれと育てられたのに、急にその役目を失ってこれからどうしたらいいかわからない。

無言のまま立ち尽くすエルヴィーラの足下に、着ていたものが積み上がっていく。

エルヴィーラから着衣をはぎ取る男は、暗褐色の前髪の間から見える切れ長の目を苛立《いらだ》たしげに細めた。

「新手《あらて》の抵抗ですか？」

そんなつもりはない。ただ、何をする気力も起きないだけ。

答えるのも億劫《おっくう》で俯いたまま黙っていると、男はいきなりエルヴィーラを抱き上げた。鍛え上げられた逞《たくま》しい身体が、小柄でやせ細った身体を軽々と部屋の中央へ運んでいく。

いつだったか、彼に抱き上げられて運ばれる女性を、エルヴィーラは羨ましく思ったものだ。あのころはこの男に淡い恋心を抱いていた。一言二言言葉を交わせただけで舞い上がり、数日はその幸せに浸ったほどだ。

だが、憧れに少し羽根が生えただけのその恋は、この男自身によって無惨に散らされてしまった。今は抱き上げられても喜びはない。昨日までは必死に抵抗したものだけれど、抵抗しなければならない理由も、今日完全に失われた。

柔らかな寝台の上に落とすように下ろされる。エルヴィーラはシーツの上で二、三度弾んだきり動かなかった。投げ出された四肢もそのままに、寝台の上であられもない姿をさらす。

貪《むさぼ》るような視線を注がれても、エルヴィーラは羞恥心に苛《さいな》まれることもなければ、身体を隠そうと動くこともなかった。彼にはもう散々身体を見られている。隠したところで今さらだ。

男は寝台の傍らに立って、欲望にぎらつく琥珀色《こはくいろ》の瞳でエルヴィーラを見つめながら、身につけているものを次々と投げ捨てていった。大きな鷲《わし》の刺繍が施された紫色のマント。金が象眼された大きな剣。革の手袋。紺色の生地に縁取りのされた近衛隊士の制服。——

彼がそれらを身につけることは二度とないだろう。

本日、彼――ウェルナー・アジェンツィは元帥になった。これまでの様々な功績が評価されて。

エルヴィーラとは大違いだ。エルヴィーラはどんなに頑張っても何一つ成果を上げられなかったばかりか――。

取り留めのないエルヴィーラの思考は、そこで途切れた。すべてを脱ぎ捨て覆い被さってきたウェルナーが、円《まろ》やかな乳房を両手で包み込んだからだ。

硬く節くれだったウェルナーの指が勃《た》ち上がりかけたピンクの頂に擦れ、エルヴィーラは思わず喉を鳴らした。

「ん……っ」

エルヴィーラが反応したことで気分がよくなったのか、ウェルナーは薄い唇に笑みを浮かべる。左手はそのまま右胸を揉みしだきながら、右手は左胸を絞るように握り込み、突き出た胸の頂を熱い口腔に含んだ。

「んん……ああ……」

すっかり硬くなった蕾を濡れた舌先で舐め転がされて、エルヴィーラの唇からあえかな声が流れ出す。ここ数日の間、昼も夜も抱かれ続けたせいで、ほんの少し刺激を与えられるだけで彼女の身体はすぐ反応するようになっていた。胸を愛撫されて生まれた快楽はまっすぐ脚の付け根へと向かい、じんじんと快感を訴えはじめる。

疼《うず》きが耐え難くなって、エルヴィーラは太腿をもぞもぞと擦り合わせた。それに気付いたウェルナーは胸の頂から唇を離して、エルヴィーラの顔を覗き込んだ。

「気持ちよさそうですね。触って差し上げましょうか？」

意地悪な質問だ。触ってほしいに決まってる。もっと気持ちよくなりたいし、この疼きから解放されたい。でも、かすかに残った王女としての誇りと責任感がそれを許さない。王女でなくなったのだから、そんなものを持ち合わせたところで無意味だというのに。

エルヴィーラの葛藤に気付いたのか、ウェルナーは蠱惑的《こわくてき》な笑みを浮かべ、甘ったるく囁いた。

「いいんですよ、気持ちよくなって。貴女のこれからの務めは、俺の言う通りにすることだ。――貴女は俺のものになったんだから。そうでしょう？」

その通りだ。今日、そのことを嫌というほど思い知らされた。彼らは厄介払いも兼ねて、エルヴィーラをウェルナーに売り渡したのだ。

「さあ、脚を開いて」

操られるように、エルヴィーラはゆっくりと脚を開いた。ウェルナーはエルヴィーラの膝を立たせると、間に身体を割り込ませてくる。そうして脚を固定させると、付け根の秘めやかな部分に指を這《は》わせてきた。

「もう濡れてますね。嬉しいです。俺の手に感じてくださって。でももっともっと感じてください」

ウェルナーはエルヴィーラの胎内に指を深く埋めてくる。何度も彼の太いモノを受け入れたそこは、すんなりと指を呑み込んだ。節くれ立った硬い指に敏感な粘膜を擦られると、疼きがさらに高まって、身体の奥底からじんわりと蜜が溢れるのを感じる。ぬめりが増したことにウェルナーも気付いたのだろう。密やかな笑い声を立てて指をもう一本増やした。二本の指をばらばらと動かし、胎内を押し広げようとする。すぐさまぐじゅぐじゅという粘ついた水音が聞こえはじめた。その音に、エルヴィーラの艶やかな声がかぶさる。

「あ……っ、ふぁっ、んっ、ふ……っ」

「その調子です。貴女が気持ちよくなっている声をもっと聞かせて……」

ウェルナーはそう言ってからエルヴィーラの右胸を摑んで、絞り出した胸の頂を口に含む。そうされた上で親指の腹で淫芽を擦られると、エルヴィーラは瞬く間に達した。

「あぁ……！」

悲鳴のような声を小さく上げて、身体をびくびくと震わせる。胎内に深く差し込まれた指を強く食い締めて快楽を享受《きょうじゅ》し尽くすと、エルヴィーラは身体からぐったりと力を抜いた。

胎内からも力が抜けると、ウェルナーは指を引き抜く。そしてエルヴィーラの脚を両脇に抱え、反り上がった逞しい雄芯を胎内への入口にひたっと据えた。

「いきますよ」

ぐぐっと力を込めて、彼のモノがエルヴィーラのナカに押し入ってくる。その圧迫感に抵抗するように、エルヴィーラの胎内に再び力が入った。絶頂を迎えたばかりで苦しいばかりだったけれど、エルヴィーラは何とか力を抜いてウェルナーを受け入れようとする。それが彼の望みだし、苦しいのは今だけだと知ってしまっているからだ。

雄芯が根元まで入り切ると、ウェルナーは一旦深く息を吐いた。それから退《ひ》くと、エルヴィーラの最奥の感じる部分を突き上げる。

たった一度。それだけで苦しさは快楽へと一変する。

「んっ、あん……っ」

突き上げられるたびに、あえかな声が唇から零れ落ちる。具合がいいのだと察してか、ウェルナーの動きは次第にはやくなっていった。

「あっ、あっ、んっ、ふ……あぁっ、あっ、はっ、……」

彼の動きに合わせ、エルヴィーラの声も短くせっぱ詰まったものになっていく。

じゅぶじゅぶと、大量の粘液が泡立つ音が聞こえてきた。さほど愛撫を受けたわけではないのに、こんなにも溢れさせていたなんて。そのことに気付いてふっと理性が戻ってくる。

にわかに羞恥がこみ上げてきた。いやだいやだと精一杯抵抗したのに、身体はすっかり淫《みだ》らに作り替えられ、ほんのちょっと触れられただけで快楽を求めて疼き出す。

逃げ出したい衝動に駆られて、エルヴィーラはもがいた。その身体をウェルナーに押さえつけられる。エルヴィーラは首を振ってなおも抵抗した。

「い、や……っ」

「急にどうしたんです？」

ウェルナーの声に正気付く。羞恥のせいで我を失っていたようだ。

「あ……わたくし……」

そうだった。エルヴィーラはウェルナーのものになったのだ。彼の言う通りにしなくてはならない。それが王女であったエルヴィーラに与えられた最後の使命で……けれど、王女の身分を剥奪されたのに、その命令に従わなくてはならないの？　夫でも婚約者でもない男に身体を開く、ふしだらで屈辱的な行いを受け入れろと？

心は苦痛に苛まれるのに、身体は疼いてその行為を期待する。相反する思いに引き裂かれ、身も心もバラバラになりそうだ。

苦悩するエルヴィーラの頬を撫でて、ウェルナーは艶《つや》めいた声で囁いた。

「何も考えることはない。俺のものになることで、貴女はあらゆるものから解放されたのです。快楽に溺れて何もかも忘れてしまえばいい。貴女はただ、俺だけを感じていればいいんだ」

本当に？　何もかも忘れてしまっていいの？　そうできたらどんなに楽か……。

ウェルナーがエルヴィーラの脚を抱え直して動き出した。大きくて硬い雄芯にこじ開けるように内壁を擦られて、冷えかけていたエルヴィーラの身体は再び熱を上げていく。

「あっ、やっ、あっ、あっ、……」

突き上げられるたびに脳天へ快楽が突き抜けて、思考が次第に霞《かす》んでくる。

ウェルナーの言う通りにしてしまおう。もう疲れた。何も考えたくない。

ウェルナーの動きがますます激しくなる。反り返った雄芯の先端が臍《へそ》側の壁を何度も抉《えぐ》り、最奥の硬い部分に強く叩きつけられる。それらの場所から得も言われぬ快感が生まれ、エルヴィーラの身体はますます昂ぶってくる。

「んぁ……っ、あっ、ああ……！」

エルヴィーラはあられもなく声を上げた。恥も誇りも何もかも忘れて、与えられる快楽に身悶え、より快楽を得ようと自らも腰を振る。その動きはウェルナーの突き上げと同調し、二人は今までにないほどの快楽の高みへと駆け上がっていく。

「あっ、ああっ！　もう……っ」

エルヴィーラは生理的な涙を零しながら、激しく首を振った。

「イってッ！　俺も――！」

ウェルナーの声に刺激され、エルヴィーラは頂点から放り出される。激しい絶頂の波にもみくちゃにされながら、最奥に熱い飛沫《しぶき》が叩きつけられるのを感じる。

——クーデターが起こった日から八日目、王女エルヴィーラが完全に堕《お》ちた瞬間だった。

第一章　クーデターの夜

内陸に位置する王国、フィアンディーニ。そのほぼ中央に位置する王宮は、七年前まで大陸一の壮麗さを誇っていた。だが、今ではその名残はほとんど見られない。大広間の巨大なシャンデリアは下ろされ、燭台をはじめとした金銀は柱や壁、天井との継ぎ目から外され、各所に置かれた高価な調度品も運び去られた。残っているのは壁から剝《は》がせなかった壁画や、高価だが建物の構造上外すわけにはいかない石柱といった最小限のものだけ。運び去れるものは何でも運び出され、逼迫《ひっぱく》した国庫を穴埋めすべく売り払われた。

巨大な空箱。

フィアンディーニ王国王女エルヴィーラは、大広間を抜け中庭を囲む回廊を歩きながら、心の内で苦々しくそうつぶやいた。

豊かなハニーブロンドの巻き毛。青く澄んだ瞳。肌は白磁のようで、細い眉、けぶった睫毛《まつげ》、うっすら色付く頬と熟したサクランボのように艶やかな唇が彩りを添えている。頬が少しふっくらした愛らしい顔立ちで、胸も腰も豊かなためにぱっと見わかりづらいが、腰は折れそうなほど細く、ドレスの袖から覗く手首は痛々しいほどだ。

身につけているドレスも、上質だが古いものだった。クリーム色のアンダードレスの上に、長い垂れ袖のついたスプリンググリーンのオーバードレスをまとい、スカート部分を厚い布でできたペチコートで膨らませている。たっぷりとしたスカートは引きずるくらいに長いので、両手で摘まみ上げて足早に進む。両サイドを三つ編みにして頭の後ろでまとめただけの巻き髪は、滑るように歩くエルヴィーラの背中で毛先をふわりとなびかせていた。

回廊の端は控えの間へと続いていて、エルヴィーラはその先に用があった。神話の神々が描かれた壁画の並ぶ控えの間を突っ切り、扉のない入口の手前で一度立ち止まる。深呼吸をして気持ちを落ち着けると、意を決してその先へ進んだ。

そこは、王宮の他の場所とは全く様子が違った。ろうそくの明かりを反射してきらきらと輝くシャンデリア。白い大理石は影が映り込むほどに磨かれ、入口からは真っ直ぐ赤い絨毯《じゅうたん》が伸びる。その先には五段の階段があり、壁の手前に背もたれが高く金の象眼が施された立派な玉座が置かれている。

玉座の間。

七年前までは、賢王と呼ばれたエルヴィーラの祖父ルドルフォが玉座に座り、絨毯の左右には立派な制服に身を包んだ近衛隊士たちがずらりと並んだ。控えの間には謁見を求める者たちが列を成し、呼ばれた者だけが玉座の間へ進むことを許される。――玉座の間は、この国の権威の象徴だった。

ところが今は、絨毯や大理石の床の上を派手な踊り子が跳ね回り、楽団が騒々しい曲を演奏する。食べ散らかされた皿が階段から玉座にかけて点在し、倒れた杯から赤い液体が零れて白い大理石を汚している。かつての権威の象徴は、堕落の巣窟へと様変わりしていた。

そして玉座にだらしなく座る人物こそが、エルヴィーラが会いに来たその人。エルヴィーラの父であり、現国王のウンベルトだった。

整えられた亜麻色《あまいろ》の髪と髭《ひげ》。青色の瞳に四角張った顔。祖父ルドルフォと面差しは似ているが、その他は全く似たところがなかった。金糸銀糸が使われた豪奢な衣装は、先頃新調したばかりだというのにボタンが贅肉《ぜいにく》で引っ張られ、今にも弾け飛びそうだ。それなのに、お気に入りの赤に金の象眼がされた飾り机の上から、見たこともない珍しい果物を摑み取り、むしゃむしゃと頬張る。

せっかく落ち着かせた心に、再び怒りが湧き上がった。

エルヴィーラは跳ね回る踊り子を避けながら玉座に向かって歩を進め、階段の前で立ち止まる。そして鳩尾《みぞおち》の辺りで手を組み、怒りを押し殺して話しかけた。

「お父様、お願いです。このような暮らしを続けるのは、もうおよしになってください。お父様の贅沢のせいで、民がどれほど苦しんでいるか、どうかご自身の目でお確かめになってください」

エルヴィーラが王女だとわかると、楽団は演奏をやめ、踊り子も楽団の横に並んで跪《ひざまず》いた。

宴を中断させたエルヴィーラに、ウンベルトは不快そうに顔をしかめる。そして、エルヴィーラに向かって手で追い払うような仕草をした。

「おまえは年を追うごとにあの女に似てくるな。父上が余の妻にあてがった、あの女に。あの女も、父上のように煩《うるさ》くなければ、今も可愛がってやっていただろうに」

亡き母のことを遊び女か何かのように言われ、エルヴィーラは悔しくて唇を噛んだ。

エルヴィーラの母、アンニェーゼはフィアンディーニの西に位置する大国スフォルトニアの王女だ。祖父である前国王ルドルフォがウンベルトの悪癖を矯正すべく、迎え入れた花嫁だった。

「お母様は国のために正しいことをしていたのです。お父様がそのような贅沢ができるのは誰のおかげだと思っているのですか？　民が働いて税を納めているからではありませんか。民が税を払うのは、国が自分たちの暮らしを守ってくれるからであって、苦しめられるためではないのです」

　エルヴィーラが懸命に父を諭《さと》そうとしているのに、その努力を嘲笑《あざわら》うような声が割って入った。

「王女殿下は思い違いをしておられる。民は国王陛下に忠誠を尽くし、税を納めて当然なのです。この国で暮らしていけることを感謝すべきなのに、税が重くて苦しいなどと訴えるのは恩知らずというもの」

　ウンベルトの側に控えるマノロ・ダッキーラは、そう言って下卑《げび》た笑みを浮かべる。他の貴族たちも、にやにやと見下した笑みをエルヴィーラに向けた。

　怒りを抑えきれず、エルヴィーラは叫んだ。

「あなたたちのような者がいるから、お父様はいつまでもお考えを改めないのです！」

　その声に、ウンベルトの辟易《へきえき》したような声がかぶさった。

「もうたくさんだ。煩くてかなわん。娘を黙らせることができた者には褒美《ほうび》を取らせるぞ。いや、娘を妻に望む者はおらぬか？　嫁に出せば厄介払いができる。愛人にしてもよいぞ」

　それが父親の言うことだろうか。信じられなくてエルヴィーラは再び叫ぶ。

「お父様、お戯れはおよしになって！」

「戯れのつもりはない。おまえがいなくなると思うと清々する。誰か！　我こそはという者はおらぬか？　娘を余から遠ざけてくれる者には褒美をやるぞ」

「お父様……！」

エルヴィーラの抗議の声は、ウンベルトに媚《こ》びへつらう者たちの歓声によってかき消された。

ウンベルトは自分に阿《おもね》る者たちには気前がいい。ちょっと機嫌をよくしただけで、大金や高価な品を佞臣《ねいしん》たちにばらまく。その褒美がどこから工面されているか少しも考えずに。母の死後、父は気に入らない者たちを次々に処刑していったので、今ではエルヴィーラ以外誰もウンベルトを諫めようとしなくなった。

ならば自分だけでもと、エルヴィーラは父に意見するのだが、いつもろくに相手にしてもらえない。

でっぷりと太ったマノロがのっそりと立ち上がり、ウンベルトに一礼する。

「では、私がありがたくいただきましょう」

「おお、マノロ。そちにこやつをやろう。余のところへ来られないよう、屋敷にでも繋いでおけ」

酷い言われように、エルヴィーラは真っ青になった。これまでも何度も失望を味わってきたが、今ほど傷付いたことはない。

エルヴィーラがショックを受けているのも気にせず、マノロはウンベルトに恭しく頭を下げた。

「御意」

マノロが気味の悪い笑みを浮かべて近付いてくる。後退《あとずさ》るエルヴィーラの腕を取って、耳元で囁いた。

「実は密かに王女殿下が欲しいと思っていたのです。お美しい殿下の肌を味わってみたかった」

怖気《おぞけ》がつき、エルヴィーラはマノロの手を振り払おうとした。だが、マノロの力は強く、エルヴィーラがいくら腕を振っても外れない。

「離して……！」

助けを求めて父ウンベルトに目を向けたが、ウンベルトはにやにやと笑うばかりで、少しもエルヴィーラを案じる様子はない。少しは父親としての情があるのではと望みをかけていただけに、ウンベルトの仕打ちはショックだった。

エルヴィーラを追い払いたいがために、適当に臣下に下げ渡そうとするなんてあんまりだ。泣きそうになったそのとき、恵みのような言葉が玉座の間に響いた。

「国王陛下。王女殿下を粗略に扱われますと、スフォルトニアとまた面倒なことになりかねません」

エルヴィーラはマノロの手を振りほどこうとしながら、声の主を探して玉座の間を見渡した。すると、数人の男性が赤い絨毯の上をゆっくり歩いてくるのが見える。その先頭を歩くのは、宰相ルジェーロ・ホルエーゼだった。

細面《ほそおもて》の顔に大きな鷲鼻。深く刻み込まれた皺《しわ》と白髪になりつつある灰色の髪が年齢を感じさせる。だが足腰はしっかりしていて、ひょろ長い身体を姿勢正しく起こして歩いていたかと思うと、玉座の間の中程まで来たところで立ち止まり、胸に手を当て頭を下げた。

ウンベルトはふんと鼻を鳴らして言い捨てた。

「ホルエーゼか。そんなもの、スフォルトニアに黙っておればわかるまい」

ホルエーゼは姿勢を崩さずに答える。

「王女殿下を害せば、スフォルトニアに侵攻の口実を与えます。三年前、階段から転落してアンニェーゼ様がお亡くなりになったときも、陛下が殺害したのではと言いがかりをつけられ、あわや開戦という事態になったではありませんか」

スフォルトニアは、フィアンディーニを凌《しの》ぐ大国だ。スフォルトニアに攻め入られたら、フィアンディーニはひとたまりもなかっただろう。その危機的状況を回避できたのは、ホルエーゼ自らがスフォルトニアと対話し、事故であったことを理解してもらったからだった。

ホルエーゼはなおも言う。

「スフォルトニアは王女殿下を気にかけていない様子ですが、口実に使えるとなれば話は別でしょう。それに、王女殿下は政略結婚の道具として、最も有益な相手に嫁がせるのがよろしいかと。その際には純潔でなければ相手に足下を見られます」

エルヴィーラはやりきれなくて唇を噛んだ。

王女として生まれたからには、国が決めた相手と結婚するものだと心得ている。諸国王家で血統主義が重んじられる中では、純潔の花嫁が望ましいとされる。一方で、そうでない花嫁は価値を低く見られ、婚姻における両国の交渉の場ではそのことが不利に働くこともある。

エルヴィーラはもちろん純潔だ。純潔であることの重要性を教えられて育ち、十九歳になった今もその教えを守り通している。けれど、そうあるべきという話を目の前で公言されると、辱《はずかし》められたような気分になるのと同時に、自分は道具であり人ではないと言われている気がして悲しく辛いのだ。

ウンベルトも思うところがあったのだろう。不承不承ながらもホルエーゼの説得を呑んだ。

「マノロ、離してやれ」

「……御意」

マノロは名残惜しそうにエルヴィーラを離す。

ウンベルトは追い払うように手を振った。

「ホルエーゼ、娘を連れていけ。大事だと言うならば余の側に近付けるな」

「御意」

　ホルエーゼは深々と頭を下げると、エルヴィーラに冷ややかな目を向けた。そんな視線を送られては、この場は引き下がらざるを得なかった。

　エルヴィーラは、仕方なしにホルエーゼのあとに続いた。エルヴィーラの後ろから、他の男性たちもついてくる。ホルエーゼの下で国務に携わっている貴族たちだ。

　控えの間を通り抜けて回廊まで戻り、少し歩いたところでホルエーゼは振り返った。

「国王陛下を刺激しないでくださいと何度も申し上げているのに、まだおわかりいただけないのですか？　今回も運良くお助けできましたが、次回もお助けできるとは限りません」

　フィアンディーニ最後の良心と言われているホルエーゼに怒られると、エルヴィーラは自信を失い居たたまれない気持ちになる。

　父がまともに統治しなくても国が何とか保《も》っているのは、ホルエーゼが上手く取り計らってくれているからだ。

　ホルエーゼはウンベルトの遠縁にあたり、元は財務長として国庫の収支を管理していた。前国王ルドルフォは、ホルエーゼに信頼を寄せ、自らの死後、彼をウンベルトの宰相とするよう遺言を残していた。

ルドルフォが崩御すると、国王に即位したウンベルトは父親の抑圧から解き放たれたように散財に散財を重ねた。宰相となったホルエーゼといえど、国王に命じられれば国庫を開かないわけにはいかない。そのため、国庫は見る間に減っていった。

ホルエーゼも少ない支出で国王を満足させられるよう腐心している。が、その努力を嘲笑うかのように、一年ほど前ウンベルトは王都郊外の景勝地に壮麗な宮殿を建てるよう命じた。そのため国庫はますます干上がっていく。ホルエーゼは苦渋の決断をいくつも迫られた。

その一つが、王宮内の価値ある品の売却だ。だが、めぼしいものはまたたく間にすべて売り払ってしまい、ホルエーゼはやむなく増税に踏み切った。その増税も、ここ一年の間に三度も行われた。

仕方のないことだというのはわかっている。ホルエーゼにすべてを任せ、エルヴィーラは彼に面倒をかけないようおとなしくしているべきかもしれない。

けれど、己の良心がそれをさせなかった。

今は春。作物の種蒔きが終わったばかりで、収穫は早くても夏の初めだ。食料の値段が一番高い時期なのに、増税の影響で値段はさらに跳ね上がり、貧しい者たちには手の届かない金額になりつつある。

そんな話を聞いて居ても立ってもいられなくなったエルヴィーラは、父国王に直接請わずにはいられなかった。その話をしてくれた家臣たちも、エルヴィーラが彼らに代わって父王に訴えることを期待しているに違いない。だから引き下がるわけにはいかなかった。

「ホルエーゼ。商人たちに食料の値段を安くするよう布令するわけにはいきませんか？　今王都で売られている食料はどれも高すぎて、買えない者たちが増えています。このままでは」

「王女殿下」

厳しい声が、エルヴィーラの言葉を遮る。エルヴィーラが口を閉じると、ホルエーゼは苛立たしげに顔をしかめて言った。

「では、殿下は商人たちに死ねとおっしゃるのですか？　彼らにも等しく増税を課しています。値下げするようにと布令すれば、彼らが生活の糧《かて》を失うことになりかねません」

エルヴィーラは己の浅慮を恥じて下を向いた。

ホルエーゼは、エルヴィーラが理解したと見て取り、ため息をつく。

「無意味なことを……恐れながら、政治向きのことに王女殿下が口を挟まれるのは、はしたなきことと存じます。他国はともかく、我が国では政治は男性が行うものであり、女性の介入は許されぬのです。政治向きのことは我々にお任せくださり、殿下はおとなしくさっていてください」

エルヴィーラは下を向いたまま唇を噛んだ。

無意味――こうまで言われてしまうと、女の我が身を歯がゆく思う。男に生まれていれば、もっと有効な手段に訴えることができたかもしれないのに。

「わたくしにもお父様を説得するくらいのことは……」

弱々しい提案は、すぐに一蹴された。

「アンニェーゼ様にもできなかったことが、殿下にできるとお思いですか？　先ほども、私がいなかったらどうなっていたことか。殿下が国王陛下のもとへ向かったとの報告を受けて、急ぎ参ったのです。間に合わなかったらと思うとぞっとします。王女殿下の御身は、殿下ご自身のものではなく、この国のものであるとお考えいただき、御身を危険にさらさぬようお願い申しあげます。私に面倒をかける真似もこれっきりにしていただきたいものです」

辛辣《しんらつ》に告げると、ホルエーゼはきびすを返して歩きはじめた。他の貴族たちも、エルヴィーラに侮蔑の視線をちらっと向けてホルエーゼのあとに続く。

エルヴィーラは顔を上げられないまま、その場に立ち尽くした。

足音は遠ざかり、取り残されたエルヴィーラは己の無力さを噛みしめた。

七年前まで、この国は豊かだった。エルヴィーラの祖父であるルドルフォが、賢君と名高い国王だったからだ。

けれど、出産の際に愛する王妃を亡くしたルドルフォは、多忙を言い訳にウンベルトの教育を臣下の者に任せきりにしてしまった。ウンベルトはご機嫌取りばかりする貴族に囲まれて育ったためか、我儘《わがまま》で享楽的な性格の大人に成長した。

このようなウンベルトが国を治めるようになったら……国の行く末を案じたルドルフォは、隣国スフォルトニアに嫁いだ妹の娘であるアンニェーゼを、ウンベルトの花嫁として迎え入れた。妃を持つことにより、ウンベルトが心を入れ替えることを期待したのだ。

結婚して少しの間は、ウンベルトの享楽的性質も鳴りをひそめた。アンニェーゼの美貌に、ウンベルトは夢中になったのだ。

だが、それも長くは続かなかった。アンニェーゼは実母を通じてルドルフォの影響を色濃く受けており、王族とはこうあるべきという強い信念を持っていた。そしてウンベルトが正しき国王になるよう導くという使命を果たすべく、アンニェーゼは持てる知識を彼に与えようとした。それが疎ましくなって、ウンベルトはアンニェーゼと距離を置くようになる。彼女の懐妊が確実になったころには、愛人を離宮に囲ってそこに逃げ込むほどに嫌っていた。

そんなウンベルトを、ルドルフォは根気強く諫《いさ》めようとした。けれど、ウンベルトはますます手がつけられなくなっていく。

心労がたたったのか、七年前、祖父は病に倒れてあっけなくこの世を去った。それからだ。この国が衰退の一途をたどったのは。

国王になったウンベルトは、自分に阿る者たちを側に侍らせ、無茶苦茶な命令を下した。その後始末をして回ったのが、アンニェーゼとホルエーゼをはじめとする心ある貴族たちだった。アンニェーゼはやむを得ないと思ったときには、スフォルトニアの名をちらつかせてウンベルトを止めた。

だが、三年前にアンニェーゼも亡くなると、ウンベルトの暴政に歯止めが利かなくなった。諫めようとする貴族たちを次々に処刑し、贅沢で国庫を食いつぶしていく。

女で、しかも若いエルヴィーラなど、母の代わりにもならなかった。

エルヴィーラの努力は多くの貴族に鼻で笑われ、この国最後の良心であるホルエーゼにも余計なことをするなと言われてしまう。祖父と母の教育で培《つちか》った王女としての自信は失われた。何一つ成すことができないのだから、貴族たちに見下されても仕方がない。

……本当に何もできないのだろうか。だとしたら、王女として生まれた自分の存在意義は？

立ち尽くして物思いに耽っていると、バタバタと足音が聞こえてきた。それからすぐに、聞き馴染みのある声が聞こえてくる。

「王女殿下！　大変です！」

後ろで束ねた焦げ茶色の髪を振り乱して、侍女のビアンカが走ってくる。

ビアンカはエルヴィーラに付く唯一の侍女で、乳兄弟でもある。平民だが、王宮で生まれ育ったビアンカは、エルヴィーラ同様作法をしっかり身につけている。

そのビアンカが作法を無視して走ってくるのだから、よっぽどのことがあったに違いない。エルヴィーラは考えていたことを頭の隅に押しやり、早足でビアンカとの距離を縮めた。

「何があったの!?」

「王太子殿下が、ジュリアさんを……！」

ビアンカは息を切らしながら答える。

エルヴィーラは新入りの侍女の名を聞き、それだけで何が起こっているか察した。

「パスクァーレとジュリアはどこ？」

「離宮です！」

エルヴィーラはドレスの裾を翻《ひるがえ》し、早足で歩きはじめる。

「どうしてジュリアが離宮に行くことになったの？　あの子はパスクァーレの目の届かない場所で働かせていたはず」

ビアンカはエルヴィーラに付き従い、呼吸を挟みながら答えた。

「ジュリアさんの噂を聞きつけた……ようです。王太子殿下は、ジュリアさんを名指しして給仕をお命じになり、他の者を寄越したら、首を刎《は》ねると……」

エルヴィーラは苦虫を嚙み潰したような顔になる。

ジュリアは、この春から王宮で働くことになった下級貴族の娘だ。亜麻色の髪と愛らしい顔立ちが衛兵たちの間で噂になっていると聞いていた。衛兵の中にはジュリアと家柄の釣り合う者もいる。婚約者のいないジュリアが良縁に恵まれることを願っていたけれど、よもやパスクァーレに目を付けられてしまうとは。

若い娘をパスクァーレの近くで働かせないよう、侍女頭にも女官長にも言ってあるのだが、パスクァーレは呼びつける方法を編み出してしまったようだ。罪のない者の首を刎ねると言われてしまっては、侍女頭や女官長でも止めることはできなかったのだろう。エルヴィーラに助けを求めてくれたのはいいが、ジュリアを送り込む前に呼びに来てくれればと思わずにいられない。

早足ももどかしくて、エルヴィーラはスカートの裾をからげて走り出した。回廊の途中から延びる廊下を抜けて、外庭に出る。手入れの行き届いていない庭木の間を縫って、王宮から少し離れた場所に立つ離宮に向かう。

パスクァーレはエルヴィーラの異母弟だ。ウンベルトの愛人は上級貴族の娘だったため、やむを得ず第二妃の身分が与えられた。その第二妃の産んだ子がパスクァーレだ。エルヴィーラより数ヶ月遅れて生まれたが、この国は女性に王位継承権がないため、パスクァーレが王太子とされた。

廊下を走りながら、エルヴィーラの心にこんな思いがよぎる。

自分が男で、王太子になっていたら、今この国は違う道を歩んでいただろうか。

仮定の話を考えたところで意味がない。エルヴィーラは、後悔にも似たその思いを振り切って先を急ぐ。母アンニェーゼはすでに亡く、第二妃も国王の逆鱗《げきりん》に触れ処刑された今となっては、女性の中で一番位《くらい》が高いのはエルヴィーラだ。父国王と弟王太子を諫め、健全な治世を取り戻す責任がある。

正面入口から離宮に駆け込み、上階へ続く二本の階段に囲われたような玄関ホールを突っ切って、一番奥の両開きの扉を勢いよく開く。

扉の中には、玉座の間とは違う派手派手しさがあった。玉座の間より小振りな室内にシャンデリアはない。その代わり壁に取り付けられたり床に立てられたりしている燭台に、数多《あまた》のろうそくが灯っている。部屋の奥には広い寝台があり、そこに置かれたたくさんのクッションに埋もれるようにして、王太子パスクァーレはいた。

ダークブロンドの巻き毛に深緑の瞳。母親譲りの美貌の持ち主であるパスクァーレは、小柄な少女を膝の上に抱いていた。少女は下着姿に剝かれ、近くに彼女が着ていたであろうシンプルなドレスがくしゃりと放り出されている。パスクァーレの膝の上に抱きかかえられた少女は、しゃくり上げながら「お許しください……お許しください……」と繰り返していた。見るも哀れな様子だが、まだ最悪の事態にはなっていないようだ。

パスクァーレはジュリアの艶やかな亜麻色の髪を一房持ち上げ、指先で毛先を弄《もてあそ》ぶ。

「もう来てしまったんですか、異母姉上《あねうえ》。これからがいいところだったのに」

気だるげに亜麻色の髪に口づけるパスクァーレに反省も何もあったものではない。

怒りのあまり頭に血を昇らせたエルヴィーラは、つかつかと歩み寄ってジュリアの腕を引っ張ってパスクァーレから引き離した。よろめきながらも立ち上がった侍女をビアンカに託し、パスクァーレの視線から守るように立つと、威厳を込めて彼を見据える。

「パスクァーレ、おふざけはおよしなさい」

パスクァーレは先ほどまでジュリアの髪を弄んでいた手で、今度は自らの前髪をかき上げる。

「異母姉上は堅苦しいな。いいじゃないか、つまみ食いするくらい」

口元にうっすら嘲笑を浮かべている。エルヴィーラはかっとなって叫んだ。

「あっ、あなたのその自分勝手な振る舞いのせいで、どれほどの娘たちが地獄を見たかわからないのですか……っ!?」

エルヴィーラは怒りに声を詰まらせるのに、パスクァーレにはまるで効いていない。両脇にすり寄った肌も露わな女性二人を両腕に抱え込んで、エルヴィーラに見せつけるようにそれぞれ頬ずりした。

「王太子である俺に抱かれて嬉しい。名誉だって言ってるよ。なあ？」

彼女たちはうっとりとパスクァーレを見つめ、「その通りですわ」「光栄に思いますわ」と言う。パスクァーレの周辺には他にも女性たちが侍《はべ》っていて、くすくすといやらしく笑ってエルヴィーラを横目で眺める。

怒りで目まいがしそうだった。戯れで抱かれて純潔を失うことの、何が名誉だ。侍女として城に上がってくるのは、下級貴族の娘がほとんどだ。彼女たちは年頃になる前から貞淑であれと教えられて育つ。下級貴族の間でも王家と同様、花嫁は純潔であることが求められるからだ。初夜の際に純潔でなかった花嫁はふしだらの烙印を押される、と教え込まれた娘たちにとって、相手は王太子とはいえこのように無体を強いられることがどれほど恐ろしいか。ジュリアのように怯える娘たちを見ているのに、パスクァーレは何故そのことがわからないのか、エルヴィーラには理解できない。

父ウンベルトは、第二妃を処刑しながらも、その息子であるパスクァーレのことは気に入って好きなようにさせていた。それもあって、パスクァーレは次々と女性に手をつけては捨てるを繰り返す。パスクァーレの悪評のせいで、王宮で働きたいという女性、特に侍女は激減した。

だが、ここにいる女たちに言っても無駄だろう。彼女たちは贅沢をしたいがために王太子の側に侍ることを選んだ者たちなので、パスクァーレのご機嫌取りしかしない。

そういう者たちに囲まれて過ごすパスクァーレに改心を求めるのは無理なのだろうか。

――いや、無理だとしても諦めるわけにはいかない。父国王の代が終われば、次の国王はパスクァーレとなる。この国の未来はパスクァーレにかかっているのだ。

だが、今はパスクァーレに無体を強いられた侍女をこの場から連れ出して休ませないと。エルヴィーラはパスクァーレに背を向けてジュリアに近寄った。ビアンカにドレスを着せられたジュリアは、羞恥に顔を真っ赤にし身体を震わせ立っているのもやっとの有様だった。

ビアンカと二人で両脇から支え、ジュリアを離宮の外へと連れ出す。

離宮の玄関を出たところで、ジュリアはぺたんと座り込んでしまった。足にとうとう力が入らなくなったらしい。顔を手で覆ってしくしくと泣き出す。

ここにいたら、またパスクァーレにちょっかいを出される。はやく移動させたいけれど、細腕の女二人では、小柄なジュリアでも持ち上げて運ぶことは難しい。衛兵か誰かを呼ぶしかない。

ビアンカに頼もうとして顔を上げたそのときだった。誰かがすっと近付いてきて、ジュリアを軽々と抱き上げる。ぎくっとして見上げた先に、見知った顔があった。

緩やかに波打つ暗褐色の髪。切れ長で琥珀色の瞳を宿した目。少し骨張った精悍な顔立ち。紺のチュニックに鷲が大きく刺繍された紫のマントという近衛隊の出で立ちをしている。

珍しく彼を間近に見て、エルヴィーラは思わず名前をつぶやいていた。

「ウェルナー……」

エルヴィーラはほっとして、かすれた声で小さく呼ぶ。その声はジュリアの耳にも届いた。

「し……死神ウェルナー――？」

ジュリアはウェルナーの顔を凝視したかと思うと、真っ青になってがたがたと震え出す。

顔は知らずとも、名前だけならこの国の誰もが知っているだろう。

ウェルナー・アジェンツィ。前国王ルドルフォ崩御後、立て続けに軍を差し向けてきた周辺諸国を退け、侵略の脅威から国を守った救国の英雄だ。だが、その名はここ三年の間に別のものに塗り替えられてしまった。

死神ウェルナー――国王ウンベルトの命令に従い、次々に処刑を行ったウェルナーを、人々はそう呼ぶようになっていた。ウンベルトの不興を買った者たちを、顔色一つ変えず処刑していく、まさに死神。ウンベルトはそんな彼を気に入って近衛隊隊長に昇進させたが、それを妬んだ者たちによって『死神ウェルナー』の名は瞬く間に広まった。精悍な顔立ちに惹かれる女性も多いが、たいていの女性はその二つ名に恐れをなし彼に近寄ることはない。

ジュリアを安心させようと、エルヴィーラは声をかけた。

「ウェルナーは死神ではないわ。国王陛下の命令に従ったためにそう呼ばれているだけ。あなたも貴族だから立場はわかるでしょう？」

ジュリアの顔色は一層悪くなった。今にも引きつけを起こしそうだ。どうやら今の言葉で、離宮に来るよう命じられ、それを拒否できなかったことを思い出したのかもしれない。

エルヴィーラは己のうかつさに臍《ほぞ》を噛む。どうしたものかと考えあぐねていると、ウェルナーはそのまま離宮の入口から延びる道を歩きはじめた。

「はやく他の者に任せたほうがいいようです」

はっとして顔を上げたエルヴィーラの前を、ウェルナーの横顔が通り過ぎていく。

エルヴィーラは今の状況を忘れて、ぼうっとその横顔を見つめた。

死神と呼ばれても、エルヴィーラが庇っても、ウェルナーは眉一つ動かさない。鉄壁の自制心。その奥底に何を隠しているのか、エルヴィーラは時折知りたくてたまらなくなる。

ウェルナーの横顔が見えなくなると、はっと我に返って彼の背中を追いかけた。不謹慎と思いつつも、ウェルナーの腕に抱かれたジュリアがちょっと羨ましい。エルヴィーラだったら、きっと天にも昇るような気持ちになっただろうに。

途中で巡回中の衛兵を見つけると、ウェルナーはその衛兵にジュリアを預けた。

「では」

ウェルナーはそう言って会釈をすると、さっさと歩いていってしまう。その背中を名残惜しく見つめていると、衛兵とビアンカの声が聞こえてきた。

「侍女殿をどちらに運べばよろしいので？」

「あ、こちらです」

振り返ると、ビアンカが先導してこの場を離れつつある。

エルヴィーラはもう一度ウェルナーの背を見送ると、ビアンカたちのあとを追った。

エルヴィーラがウェルナーと出会ったのは十二歳のときだ。愛する祖父が亡くなって、一月が過ぎたころだった。いつまでも悲しんでいてはいけない、祖父に恥じない振る舞いをしようと気を張っていたと思う。生前祖父が時間を見つけてはしていたように、何か不都合なことは起きていないかと、王宮の敷地内のあちこちを見て回っていた。

ある日、練兵場の片隅を通りかかったときだった。

一人の青年兵士が、複数の兵士たちに囲まれて暴言を吐かれていた。内容ははっきりとは覚えていない。ただ「元帥の庶子」「身分の低い母親」という言葉から、暴言を吐かれているのがウェルナーだと気付いた。

ウェルナーの噂はエルヴィーラの耳にも届いていた。身分の低い母親から生まれた王国軍元帥の庶子。エルヴィーラと同じく父親に顧みられず、父親は十歳になったウェルナーを兵士見習いとして兵舎に放り込んだあと、全く気にかけなかったという。ウェルナーは軍の訓練でめきめきと頭角を現し、一目置かれる存在となった。だが、一部の兵士たちはそれが気に入らないらしい。元帥であるウェルナーの父親が、彼の存在を疎ましく思っているせいもあるだろう。ウェルナーへの風当たりはきついと聞いていた。

出自のせいでウェルナーが冷遇されているという話を聞いて、エルヴィーラはずっと釈然としない思いを抱えていた。悪いのは妻でもない女性に子を産ませた元帥なのに、何故その子供が不遇を背負わなければならないのか。

兵士たちは手は出さないものの、なおも言葉の暴力を振るい続けていた。

エルヴィーラは怖じ気づきそうな足を懸命に踏み出した。相手は一兵卒、自分は王女とはいえ、倍近い背丈の男を複数人相手にするとなると恐ろしい。だが、見て見ぬふりなどできなかった。彼らが気付いたところで立ち止まり、勇気を振り絞って言い放った。

――出自は本人にはどうにもならないもの。それをあげつらってひとを侮辱するとは。恥を知りなさい。

彼らはエルヴィーラが王女だと気付いたのだろう。ばつの悪そうな顔をして立ち去っていった。

彼らの姿が見えなくなったところで、エルヴィーラはほっとしてウェルナーを見た。その場に残った彼は、エルヴィーラの予想に反して悔しそうにしてもいなければ、助けられてほっとした様子もなかった。ただ無表情にエルヴィーラを見つめた。

──誰？

付き添っていた侍女の一人が「王女殿下になんて無礼な」と怒ると、ウェルナーは動揺した様子もなくすっと跪いた。

──ご無礼をお許しください。

その態度に腹を立てる侍女を「いいから」と言って止めると、エルヴィーラはウェルナーの前に立った。

──怪我をしているわ。先ほどの者たちに殴られたの？

──いえ、これは訓練のときに……。

訓練のときに、上官から理不尽なしごきを受けたのだろう。

彼が何をしたというのだ。夫婦ではない男女の間に生まれたことは、彼の罪ではない。

エルヴィーラは心の中で憤慨しながら、腰に下げていたハンカチを手に取りウェルナーの口の端から流れる血を拭った。

ハンカチが唇の端に触れると、ウェルナーはぴくりと眉を動かす。

──今度また出自のことで何か言われるようなことがあれば、わたくしの名前を出すといいわ。

当時はまだ貴族たちもエルヴィーラを王女として丁重に扱っていたので、自分の名前がウェルナーを理不尽な攻撃から守る盾になると思った。

だが、ウェルナーには断られた。

――それには及びません。俺は何を言われても気にならないので。

そう言って立ち上がると、ウェルナーは「失礼します」と言って去っていった。

立ち去るときの凜とした横顔を、エルヴィーラは今でも覚えている。彼には余計な気遣いだったかもと思い、恥ずかしくなったことも。

それからというもの、エルヴィーラはいつもウェルナーのことが気にかかった。彼を見かけるたびに、胸がぎゅっと締め付けられた。

父親に愛されないことをくよくよするエルヴィーラと違って、ウェルナーは何て強いんだろう。そんな彼のように強くなりたい。エルヴィーラはウェルナーに密かな仲間意識を感じ、彼の強さに憧れを募らせていく。

ウェルナーの戦士としての才能はとどまるところを知らなかった。剣術、馬術、槍術等々、あらゆるもので同輩たちの群を抜いていた。

出会いから一月ほど経《た》ったころ、周辺各国がフィアンディーニとの国境を侵して軍を差し向けてきた。賢王として名高かった祖父が亡くなり、到底国王の器とは言えない父が即位したために、侵略の好機と見られてしまったのだろう。

国境で戦いが次々起こる中、元帥はウェルナーを最も厳しい戦いが行われている地に送

り込んだ。そこは生きて帰れる者はいないと言われる激戦地。ウェルナーはまだ戦場に出た経験がなかった。初陣で放り込むなんて、死ねと言っているようなものだ。エルヴィーラは改めて元帥の非道さにぞっとし、ウェルナーの無事を祈った。

彼は奇跡的に生還した。敵を退け、複数の生存者とともに。それは大勝利と言えるほどの快挙だった。凱旋したウェルナーを、人々は英雄と称讃した。だが一方で、彼の活躍を妬ましく思う者たちからの嫌がらせは激しくなった。元帥やウェルナーの歳の離れた異母兄たちは、何度も彼を死地に送り込んだ。そしてウェルナーは、何度も勝利を摑み取って生還した。

国内が滅茶苦茶なのに他国の侵略を阻むことができるのは、ウェルナーのおかげといっても過言ではない。彼と彼が指揮する部隊が活躍すればするほど他国は震え上がり、とうとう侵略を諦めたという。そうしてウェルナーの英雄の名は不動のものとなったかに見えた。

ところが三年前、エルヴィーラの母が亡くなると、父国王を止められる者が誰一人いなくなった。ウンベルトは逆らったり諫めようとしたりする者たちを次々に処刑する恐怖政治に走る。そこで処刑を命じられた元帥は、その役目をウェルナーに押しつけた。父国王に対して憤るのはもちろんのこと、元帥にも怒りが湧いてエルヴィーラは震えた。血を分けた子なのにそんなにも憎いのか、と。

ある日、ウェルナーと偶然回廊で行き合ったときに、エルヴィーラはついきつい口調で訊《たず》ねてしまった。

――あなたは平気なのですか？

通り過ぎようとしていたウェルナーは、立ち止まってエルヴィーラを見た。

――平気、とは……？

問い返されて初めて、エルヴィーラは大変な失言をしてしまったことに気付いた。エルヴィーラの問いは彼を非難していると受け取られかねないし、怒りを向けるべきは父国王、もしくは元帥であり、ウェルナーではない。かといって、ここで話をやめることもできず、エルヴィーラは悩みながら口を開いた。

――その……処刑の役目を実の父親に押しつけられたことについてです。

最初の一言が出たら、あとは簡単だった。

――そのせいで死神なんて呼ばれて皆に忌避《きひ》されているのですよ？　あなたは何も悪くないのに……。

涙が込み上げてきて、エルヴィーラは言葉を詰まらせる。

俯いて涙を隠すと、ウェルナーが間近まで近付いてきて、こう言った。

――他の誰に何と言われようと平気です。貴女さえわかってくだされば。

驚いたエルヴィーラは、涙のにじむ目でウェルナーを見上げた。

そのとき初めて見たかすかな笑みに、エルヴィーラは心奪われたのだった。


だが、エルヴィーラは王女であり、いずれは国にとって有益な相手と結婚しなければならない。この恋は最初から叶わぬものと諦めていた。けれど、せめて結婚が決まるまでは、遠くからでもウェルナーを見つめていたい。エルヴィーラは一番親しいビアンカにも気付かれないよう、密かに彼を想い続けてきた。

そんなエルヴィーラにとって、先ほどの邂逅《かいこう》は大きな幸運だった。ほんの少し言葉を交わせたというだけで、心が舞い上がる。

ジュリアを部屋まで送り届け衛兵と別れたあと、ビアンカと一緒に侍女長のところへ向かった。今後、侍女を寄越すようパスクァーレに脅されたら、侍女を向かわせる前にエルヴィーラに報せるよう指示を出すためだ。

斜め後ろを歩くビアンカが、がっかりした口調で話す。

「これでジュリアさんは実家に帰ってしまうでしょうね。久しぶりに良い方が入ってきたと思ったのに、残念です」

「そうね……」

エルヴィーラはうっかり上の空で返事をしてしまった。ジュリアの今後のことを考えてあげなくてはならないのに、心はすぐにウェルナーへと傾いてしまう。

ビアンカが心配そうに声をかけてくる。

「王女殿下？　どうかなさったんですか？」

「何でもないの」

エルヴィーラはそう答えると、恋心を心の奥底へ大事にしまった。


エルヴィーラから離れて玉座の間へ向かっていたウェルナーは、彼女から見えない建物の陰に入ったところで宰相ホルエーゼと行き合った。

通り過ぎようとすると、ホルエーゼに話しかけられる。

「王女に大層信頼されているな。おまえが腹の中で何を考えているかも知らず」

ウェルナーは袖に隠していた小刀をすらりと抜いて、目にも止まらぬ速さでホルエーゼの首に突きつける。

「王女殿下に何か言ったら殺す」

ホルエーゼは冷や汗をかくものの、二、三歩下がって冗談めかして言う。

「おおこわいこわい。おまえほど死神の名にふさわしい者もおるまいよ。――だからこそ、私の計画にはなくてはならぬ。頼んだぞ」

ほくそ笑むホルエーゼを、ウェルナーは冷ややかな目で見つめた。

エルヴィーラがウェルナーと思いがけず言葉を交わしてから数日後のこと。

私室で食事をしている最中に、ビアンカが楽しげに言った。

「まだご機嫌のようですね。ウェルナー様とお会いになったのが、そんなに嬉しかったのですか？」

エルヴィーラは口に含んでいたスープを噴き出しそうになってしまった。それは何とかこらえたけれど、何と言ったらいいかわからずしどろもどろになってしまう。

「え？　あの、その……」

エルヴィーラが否定しなかったので、推測は正しかったと判断したのだろう。ビアンカはつぶらな瞳をくるりと回し、得意げな笑みを浮かべた。

「うまく隠してらっしゃいましたが、わたしはお見通しでしたよ。何しろ、物心つく前からお側におりましたから」

乳兄弟であるビアンカは、幼いころから身分を気にせず遊んでいたということもあって、エルヴィーラにとって気の置けない唯一の親友でもあった。

逼迫した国庫への負担軽減のためもあって、エルヴィーラの世話をする者はビアンカ一人にしている。そのため、今は二人きりだ。人目を気にする必要がないので、普段は礼儀正しく接してくるビアンカも、こういうときだけは気安い態度になる。

王女としてふさわしい振る舞いをしなければと気を張っているエルヴィーラにとっても、彼女との二人きりの時間は気を抜くことができる貴重な時間だった。

他に誰もいないのなら、隠していても意味がない。エルヴィーラはため息をついてぽつりと訊ねた。

「……そんなにわかりやすかったかしら？」

「ええ。ウェルナー様とお会いになった瞬間から、どこか夢見心地なご様子でしたもの。でもご安心ください。他の誰にも気付かれてないと思いますよ。長年お仕えするわたしだからこそ気付けたことです」

そう言って、ビアンカは誇らしげに胸を張る。

ビアンカのこんな態度に、エルヴィーラはいつも心救われていた。ビアンカは喜んで仕えてくれている。ふがいない王女《エルヴィーラ》に。

エルヴィーラは顔をほころばせると、取り分けてもらったスープとパンをすべて平らげ席を立った。

ビアンカは心配そうに顔をしかめる。

「もうお召し上がりにならないんですか？」

「ええ。これで十分」

にっこり笑って答えると、ビアンカは眉をつり上げてエルヴィーラを叱った。

「またそんなことをおっしゃって！　毎日パンとスープだけじゃ、いずれ身体を壊しますよ。今だってほら」

ビアンカはほっそりしたエルヴィーラの腕を取る。

たっぷりとした袖口から覗くのは、骨が浮き出るほど痩せ細った手首だった。

「こんなにがりがりに痩せられて……」

悲しそうにするビアンカに、エルヴィーラは微笑んで言った。

「わたくしは働いているわけではないもの、平気よ。それより、街の人々が心配だわ。春になって多少は食料が手に入りやすくなったとはいえ、彼らの暮らしが厳しいことには変わりないもの」

エルヴィーラが食事のほとんどを街の人々に譲るようになったのは、数ヶ月前のこと。二度目の増税が行われたあとくらいからだった。

街へ慰問に行った際に、増税によって日々の食事にすら事欠くようになったという話を人々から聞かされ、できることをしようと思い立ったのだった。

もともと小食だったこともあって、すぐにパン一つとスープ一皿の食事に慣れた。今では王宮内外の心ある者たちの協力を得て、余った食事を集めて街で配給してもらっている。ホルエーゼや彼の配下の貴族たちはいい顔をしないが、民より涙して感謝されたときのことを思い出すとやめることなどできなかった。

「冷めないうちにはやく運ばなくては」

使った皿をまとめようとすると、ビアンカが慌てて手を伸ばしてきた。

「王女殿下ともあろう方が、そのようなことをなさらないでください！」

エルヴィーラからさっと皿を奪い取ると、食事を運んできたワゴンの空いている場所に置いて、さっさとワゴンを押しはじめる。

ワゴンにはたっぷりと食事が積まれている。この国の王侯貴族の食事は、好きなものを好きなだけ食べられるようにと、このように余分に運ばれてくる。エルヴィーラが街の者たちに食事の残りを配給するようになってから、用意される食事の量が増えたようだ。何も言わずとも協力してくれる者たちがいるというのは心強い。

扉の外へワゴンを押しながら、ビアンカが声をかけてきた。

「さ。急いで参りましょう」

「……ありがとう」

エルヴィーラは申し訳なく思いながら礼を言った。

食事の配給はエルヴィーラが個人的に始めたことなので、忙しいビアンカにやらせるのは気が引ける。そう断ろうとしたのに、ビアンカは笑ってこう言った。

――王女殿下は本当に王族らしくないですね。貴族でも、殿下のように考える方なんていないですよ。わたしは殿下の手足となるべくお仕えしている者なんですから、殿下がなさりたいことは何でもお手伝いいたします。

それに……とビアンカは続けた。

――わたしも平民ですから、街の人たちのことが気になります。わたしは母とともに王妃陛下に拾われ、今は王女殿下にお仕えしているおかげで何不自由なく暮らしていますけれど、そうでなければ街のどこかで飢えていたでしょうから。

ビアンカの母親は平民だ。エルヴィーラの母アンニェーゼが懐妊後に訪れた慰問先で出会ったのが、下級兵士だった内縁の夫を戦《いくさ》で亡くしたばかりの彼女だった。下級兵士は結婚してはならないという決まりがあったため、夫を亡くしてもビアンカの母には見舞金すら支払われることはなかった。その上臨月を迎えようとしているのに頼る者のいなかった彼女を、アンニェーゼは前国王ルドルフォや貴族たちの反対を押し切ってエルヴィーラの乳母に選んだ。

ビアンカの母が激高したウンベルトからアンニェーゼを守って殺されると、アンニェーゼは身寄りのなくなったビアンカを侍女として自分と娘に仕えさせた。そしてアンニェーゼ亡きあと、ビアンカはエルヴィーラの唯一の侍女として仕えてくれている。

ビアンカと彼女の母がいなかったら、エルヴィーラも今ほど民のことを親身に考えられなかったかもしれない。アンニェーゼはビアンカたち母子を通じて、王族としての心構えを教えたのだ。

——エルヴィーラ、覚えておきなさい。わたくしたちが王族として民の上に立つのは、王族が国を、ひいては民を守っているからです。あなたのお父様である国王陛下は佞臣たちに甘やかされて育ち、そのことをあなたのお祖父様はずっと気にかけておいででした。わたくしたちの使命は前国王陛下のご遺志を継いでお父様を諫め、この国を正しく治めていただくことです。

エルヴィーラは思う。

お母様……お母様も成し得なかったことなのに、わたくしには荷が重すぎます……。

それでも諦めるわけにはいかない。諦めれば、今以上に民は苦しむことになるのだ。

ワゴンを押したビアンカと一緒に、エルヴィーラは王宮の通用門に到着した。

通用門には、何人かの貴族の夫人がすでに到着していた。彼女たちの身なりは、貴族の女性としては質素なほうだ。エルヴィーラが母のドレスを仕立て直して着ているのを見習って、贅沢を控えているのだという。志を同じくしてくれる者がいるのは心強い。

「王女殿下、本日もお持ちいたしましたわ」

「少しでもお力になれているといいのですが」

彼女たちの従者が、馬車から大きな箱や鍋を下ろしてくる。各屋敷で余った料理だ。エルヴィーラが自分の食事の残りを街で配給してもらっていると話したら、彼女たちも協力してくれるようになった。

「ありがとう。あなた方の家もあまり余裕がないでしょうに。無理して多めに作らせたりしないでね」

国庫の不足を補うために、貴族たちに対しても税の搾り取りが行われていると聞いている。家の財政事情は厳しいだろうに、彼女たちの協力はとてもありがたい。

通用門を守る衛兵が近付いてきて敬礼した。

「王女殿下、街の者たちがもう来ています」

「ありがとう。――それでは運びましょう」

ビアンカや各家の従者たちが門へと向かう。エルヴィーラは貴族の女性たちを振り返った。

「あなた方は……」

「ここで待たせていただきますわ」

奥ゆかしいのか、彼女たちが街の者たちの前に出ることはない。姿を現せば、彼らは喜んで感謝するだろうに。

門の向こうには、二台の台車と街の者が十数人到着していた。エルヴィーラに代わって人々に配給してくれている者たちだ。エルヴィーラの姿を見て、彼らは深く頭を下げた。

「王女殿下、今宵もありがとうございます」

「わたくしだけではないわ。貴族にも、あなたたちのことを気にかけている者はいるのよ。

——街の様子はどう？」

年輩の男性が表情を暗くして言った。

「あまりよくないです。街で売られる食料はますます減って、値上がりする一方です」

「ごめんなさい。お父様に話したけれど、相手にされなくて……」

エルヴィーラは表情を歪める。別の者が慌てて首を横に振った。

「王女殿下はよくしてくださっています。こうして食べ物を分けてくださって、街の皆がどれだけ助かっていることか」

励ましの言葉が、嬉しくも胸に痛い。

「ありがとう。——さ、はやく持っていって、みんなで食べて。深夜過ぎにまた来るから」

「ありがとうございます。それではまた深夜に伺います」

彼らはビアンカや従者たちが運んできた鍋や箱を受け取っては、台車に積まれたかごや鍋に食事を移す。それらをすっかり移し替えると、街の者たちは台車を引き、頭を下げ下げ去っていった。

彼らを見送りながら、エルヴィーラは寂しい思いに駆られる。

エルヴィーラも、何度か彼らが配給している場所へ慰問に訪れた。けれど、ある日国王に不満を持つ者たちから危害を加えられそうになり、エルヴィーラの護衛たちと彼らが乱闘する騒ぎになったため、それ以来街には出ていない。エルヴィーラが訪れることで騒ぎが起こり誰かが傷付くのでは、慰問の意味がないからだ。

街の者たちの姿が見えなくなると、エルヴィーラは王宮の敷地に戻った。空になった鍋や箱はすっかり片付けられ、馬車は貴族の女性たちを乗せて帰るばかりになっている。

エルヴィーラは一人一人に礼を言って、馬車が通用口を出て去っていくのを見送った。

最後の馬車が通用門を通り過ぎると、ビアンカが声をかけてくる。

「さあ参りましょう。これから宴の残りものを集めて回らなくては」

「ええ、そうね」

父国王と弟王太子が毎夜開く宴では、大量の食事が余る。今街の者たちが持っていった量の数倍だ。双方の宴から手つかずで下げられた食事を、給仕係や衛兵などの協力を得てこっそり集めて回っていた。

だが、それだけの量の食事が集まっても、王都に住む者全員のお腹を満たすにはぜんぜん足りないことをエルヴィーラは知っている。それに、この国の民は王都以外にもたくさんいて、皆飢えに苦しんでいることも。

ビアンカの後ろをついていきながら、エルヴィーラはふと空を見上げた。すっかり日が暮れて、星がちらちらと瞬いている。

月のない星明かりだけの夜。ウェルナーは今どこで何をしているのだろう。

ウェルナー、あなただったらどうする？

心の恋人にそう問いかける。

その答えを、思わぬ形で知ることになるとは思いもせずに。


深夜過ぎ、大量の食事を積んだ数台の台車が夜の街に消えていくのを見送ったあと、エルヴィーラはビアンカと一緒に通用門の中に戻った。

「もう遅いですし、はやく休みましょう。わたしもさすがに眠いです」

「だから先に寝ていいって言ったのに。わたくしも朝は遅くするから、ビアンカもゆっくり寝てちょうだい」

「お優しい王女殿下にお仕えできて、わたしは幸せ者です」

「まあ。おだてたって何も出ないわよ」

ビアンカと顔を見合わせくすくす笑う。

そのときだった。

ギャアアアア……

ワアアァァ……

離れたところから、突如聞こえてきた叫び声に、エルヴィーラはビアンカと二人青ざめた。

ビアンカは不安そうに言う。

「何でしょう？　あれは……」

「わからないわ。何が起きているか確かめないと――」

騒ぎが起こっているほうへ走り出してまもなく、衛兵の一人と出くわした。その衛兵は喉を詰まらせ詰まらせしつつ叫ぶ。

「クッ、クーデターですっ！　宰相殿が、私兵を率いて――」

エルヴィーラは驚きと悔しさを噛み締めるように目を閉じた。

だからホルエーゼは無意味だと言ったのか。この国最後の良心と言われる宰相は、とうとう父に見切りをつけたのだ。

今の国の状況を思えば、クーデターを起こしたホルエーゼを責めることなどできない。だがホルエーゼは、エルヴィーラに事前に何も話してくれなかった。国王への注進を恐れてのことかもしれないが、エルヴィーラは自分が信頼されていなかったことを痛感する。

目を閉じていたのは数瞬のわずかな間。そして目を開いたとき、エルヴィーラは決意を固めていた。

「逃げなさい。戦ってはなりません。逃げる際に他にもクーデターとは無関係な者たちを見つけたら、その者たちにもわたくしの名において逃げるようにと伝えてください」

言うだけ言って、エルヴィーラは衛兵がやってきた方向へ走り出した。

クーデターが起きたのは父のせいだ。他の者たちを巻き込みたくない。

「王女殿下！」

呼ばれて振り返ると、ビアンカと先ほどの衛兵があとを追ってきていた。

「逃げなさいと言ったでしょう？」

「王女殿下を置いて逃げるわけにはいきません！」

断固として言うビアンカの隣で、衛兵も「その通りです」ときっぱり言う。

彼らの言い分もわかるが、今はその忠誠心が彼らの身を危険にさらす。

エルヴィーラはすぐに決断した。

「では、手分けして無関係な者たちを逃がしましょう。ビアンカはあちら、あなたは向こうに行って、逃げるよう呼びかけて」

「ですが」

ビアンカの反論を、エルヴィーラは遮った。

「ぐずぐずしていたら無関係な者たちも犠牲になるわ。あなたたちも危なくなったら逃げてください。さあ！」

語調も強く命じれば、衛兵は弾かれたようにエルヴィーラの指し示した方向へ走っていく。ビアンカはそれから少し遅れて、エルヴィーラを気にしつつ離れていった。

二人が見えなくなるまで見届けてから、エルヴィーラはスカートの裾を持ち上げて走り出す。惨劇の中心になっているだろう、玉座の間に向かって。

同じころ、ウェルナーは玉座の間の奥にある部屋で、実の父親と対峙していた。

白髪の老人で、ウェルナーとは祖父と孫と言っていいくらい年齢が離れている。二十九年前、この男は親子ほどに歳の離れた使用人の娘に手を出して孕《はら》ませた。そして生まれたのがウェルナーだった。

母子は元帥の屋敷の離れに隠された。神経の細かったウェルナーの母が、父親ほども歳の離れた主人に手籠《てご》めにされたショックと、主人の妻にいじめ抜かれたせいで心を病んだからだ。

が、そのことをウェルナーは知らない。ただ、ウェルナーを溺愛したかと思うと次の瞬間には突き飛ばして呪いの声を上げる母親に育てられたという記憶があるだけだ。そのことに対して何も思ったことはない。母親に対し同情したり哀れんだりしたことも、母親を病ませ自分を疎み抜いた父親を恨んだこともなかった。

人並みの性質を持ち合わせていたら、ウェルナーもまた、母と同じく心を病んだことだろう。だが、心が何も感じなかったために、敵兵を殺すのにも躊躇《ためら》いはなかったし、国を思う諫臣《かんしん》を処刑するのにも良心がとがめることはなかった。

今も、大勢の骸《むくろ》が転がる中を平然と歩き、ゆっくり父親に近付いていく。

「あなたの生死など、今までどうでもよかったんです。ですが、これから俺が目的を果たすのに、あなたは邪魔な存在になる。だから殺します」

ウェルナーが国王の首をかき切って殺すと、クーデターについて知らされていなかった父親たちは王太子を守る側に回った。軍人としてごく当たり前の反応だ。王太子を守って奥の部屋に入った父親と異母兄たちを、ウェルナーは一人で追いかけた。父親や異母兄たちは粛清対象には数えられていなかったが、ここで殺しておくべきだろう。そうしたとしても自分に非難が向かないよう『腹心』が取りはからうはずだ。

足下に転がるのは、異母兄たちと王太子の遺体だ。この部屋で生きているのは、ウェルナーと父親の二人しかいない。

普段胸を反らして偉そうにしている父親が、今は滑稽なほど怯え、背を丸めてウェルナーを遮るかのように手のひらを向けている。

「ま、待て！　生まれ卑しいおまえを取り立ててやった恩を忘れたか！」

「俺の生まれを卑しくしたのはあなたです、父上。あなたが使用人の娘に手を出したんじゃないですか。それもどうでもいいことですが、一つだけ感謝しています。あなたのせいで不当な扱いを受けたおかげで、俺はあの方の目に留まることができた。それではさようなら」

口の端がほんのわずかつり上がった。感情がなかったはずの男の顔に浮かぶ、愉悦の笑み。

ウェルナーは構えていた剣を、実の父親に向かって突き出した。

エルヴィーラは、最も激しい戦いが行われているだろう場所へ向かった。無関係な者たちに逃げなさいと命じながら、先へと進む。時折聞こえる断末魔の声に足がすくむが、ウェルナーの安否を確かめたいという思いがエルヴィーラを奮い立たせた。

父のお気に入りであるウェルナーは、宴の席にいつも呼ばれる。今頃、父を守って命がけで戦っているだろう。無事でいてほしい。

柱の陰でうずくまっている女性を見つけ、エルヴィーラは駆け寄った。弟が侍らせていた女の一人だ。弟の堕落を助長していた者とはいえ、放ってはおけない。エルヴィーラは近寄って声をかけた。

「逃げなさい！」

だが、女は柱にしがみつくだけで立とうとしない。

「こ、腰が抜けて……」

「何が何でも立つの！　自分の身を守れるのは自分だけなのよ！」

そのとき、男の怒声が響き渡った。

「王女よ。我らの恨み、その命を以てあがなえ！」

　はっとして振り返ったときには、甲冑をまとった男が、間近で剣を振り上げていた。

　エルヴィーラは死を覚悟する。

　恨まれて当然だ。王女でありながら、エルヴィーラは何もできなかった。心残りは最期にウェルナーと会えなかったことだけ――。

　エルヴィーラは静かに目を閉じる。

　だが、次の瞬間、斬撃の音と断末魔が響いた。

「ひいいぃぃ！」

　女の悲鳴が上がる。おそるおそる目を開くと、足下には血塗《ちまみ》れで痙攣する男。ぞっとしながらも顔を上げれば、そこには会いたいと思っていた人の姿があった。

「こんなところにいらしたのですか」

「ウェルナー……」

　安堵に身体が崩れ落ちそうになる。が、彼もまた血塗れなのに気付いて持ちこたえた。

「この血は？　怪我はない？」

　血で汚れるのも構わず、エルヴィーラはウェルナーの腕を摑む。ウェルナーは嘲るように言った。

「貴女はこのようなときでも下々のことを考えずにはいられないんですね。――この血は、貴女の父親と弟のものですよ。二人は俺が殺しました」

「え……」

「他の者の血も混じっていますが——何人殺したかは忘れました」

何でもないことのように言い、真っ赤に染まった胸に手を当てる。

エルヴィーラはウェルナーから手を離した。手にはべったりと血がついている。それが肉親の血だと聞いても、頭がそれを理解しようとしない。呆然としていると、ウェルナーの血塗られた腕に抱き寄せられた。

「もしかして勘違いしましたか？　俺はクーデター側の人間ですよ」

嘘……。

エルヴィーラは呆然とする。

肉親が殺されたことより、ウェルナーが敵に回ったことのほうがショックだった。

ウェルナーはエルヴィーラの心の支えだった。彼の心の強さを見るたびに、エルヴィーラもそうありたいと自らを励ました。その彼が今、敵としてエルヴィーラの前に立っている。

極限に達していた精神が、ぷつんと糸が切れるように途切れる。意識が闇に墜《お》ちていく中、力強い腕に抱きかかえられるのをエルヴィーラは感じていた。

ウェルナーは意識を失ったエルヴィーラを抱き留め、両腕に抱え上げた。

阿《あ》鼻《び》叫喚《きょうかん》の声はもう聞こえない。クーデターは成功に終わり、宰相の私兵とウェルナーの部下が声を上げて連携を取りながら遺体の確認を始めている。

ウェルナーがすべきことはもう終わっている。国王と王太子を殺すという、クーデターで最も重要な役目は果たした。

その場から立ち去ろうとしたとき、部下のレイに声をかけられた。自分の『腹心』として働く男だ。

「どちらに？」

「帰る」

欲しいものは手に入れた。ここにはもう用はない。

「あとは任せた。そこに転がっている男の身元を確認し、誰の差し金で王女を殺そうとしたのか調べろ」

再び歩こうとしたとき、足にすがりつく者があった。

「た、助けて……」

ウェルナーは無慈悲に女を足で蹴る。

「この女はどうしますか？」

「好きにすればいい」

女が「ひっ！」と引き攣《つ》った悲鳴を上げた。自らの末路がわかっているのだろう。お仲間が玉座の間に転がっているのだから。

再び歩き出したウェルナーの背後で、「お情けを！　お情けをぉ！」と哀れに叫ぶ女の声が響き渡った。

第二章　夜明けの陵辱《りょうじょく》

目を覚ましたエルヴィーラは、自分が見知らぬ部屋のベッドに寝かされていることに気付いた。記憶を辿ると、恐ろしい出来事が脳裏に蘇ってくる。

近付いてきたウェルナーが言う。

――この血は、貴女の父親と弟のものですよ。

ウェルナーは、口元にうっすら笑みを浮かべ、真っ赤に染まった胸に手を押し当てた。案じるあまり彼の腕を摑んでいたエルヴィーラは、その様子にぞっとして手を離したのを覚えている。

エルヴィーラは両方の手のひらを見つめた。べったりと粘ついた気持ちの悪い感触は残るのに、白い手のひらには何も残っていない。血に染まったウェルナーに抱き寄せられたのだからどこかに血が付いているだろうと思って見下ろせば、着ているのは見知らぬ上質な夜着だった。

吐き気がするほどの血臭も覚えているのに血の痕跡がどこにもないと、あの出来事は夢だったのではという気分になってくる。

ここはどこ？　あれからどのくらい経ったの……？

引かれた厚いカーテンの隙間から、透明な光がうっすらと差し込んできている。外は静かだ。怖いくらいに。

そろりとベッドから下りようとしたそのとき、不意に扉が開く音がした。はっとしてそちらを見ると、ウェルナーがトレイを片手に近付いてくるところだった。

「目が覚めましたか」

普段近衛隊の制服をまとい腰に剣を佩《は》いているウェルナーだが、今はシャツにズボンというこざっぱりとした恰好をしている。見慣れない私服姿に胸を高鳴らせるも、今はそんな場合ではないと気を引き締めた。

「ここはどこなの……？　王宮はどうなったのですか？」

ウェルナーはエルヴィーラの問いには答えず、悠々と歩いて枕元に近付き、寝台脇の台にトレイを置いた。トレイの上にはパンやスープが載っている。

「まずは食事をしてください。貴女は痩せすぎです。もっと肉をつけたほうがいい。抱き上げたとき、あまりの軽さにぎょっとしましたよ。噂には聞いていたんですが、本当に下々の者のために食事を抜いていたんですね」

「抜いていないわ……。食事の量を減らしていただけですもの。それより、質問に答えてくださいい。王宮はどうなったのですか？　皆の安否は？　わたくしには王宮で働く人々を守る義務が……」

「貴女が心配する必要はありません。すべて宰相殿が取り計らっていますから」

すうっと血の気が引いた。

「ホルエーゼがクーデターの首謀者というのは本当なの？」

「本当です。俺がクーデターを起こした側の人間であるということもね」

ウェルナーの口元が、酷薄に弧を描く。

エルヴィーラはかたかたと震え出した。寒い……春になったというのに、何故こんなに寒いのだろう。――違う。心が凍えるから寒くて震えるのだ。

「お……お父様とパスクァーレを……」

「ええ。殺したのは俺です」

ということは、やはりウェルナーはエルヴィーラの敵なのだ。くらりと目まいがした。

元々叶うはずのない恋だった。遠くから眺められるだけで満足しようとしていた。なのに、運命は何て残酷なのだろう。ウェルナーと敵同士として見《まみ》えなければならないなんて。

「二人が殺されたのが、そんなにショックですか？　貴女を困らせ続け、肉親としての愛情をかけらも示さなかった彼らでも？」

　その指摘が胸を切り裂く。かすかな希望を抱いていた。父も弟も、いつかエルヴィーラに肉親の愛を注いでくれる日が来るのではないかと。その希望は完全に断ち切られた。

　だが今は肉親の死を悼《いた》んでばかりいられない。王女であるエルヴィーラにはすべきことがあるのだから。

「お願いです……！　わたくしを王宮へ帰して。皆が無事か確かめたいのです」

　自分一人安全な場所に隠れているわけにはいかない。たとえ、王宮に戻れば処刑される運命だとしても。

　――王女よ。我らの恨み、その命を以てあがなえ！

　何もできなかったエルヴィーラが父たちと同罪とみなされたとしても仕方ない。その事実をありのままに受け入れようと思う。

　決意を込めて、エルヴィーラはウェルナーを見据える。

　ウェルナーの目が、嘲るように細められた。

「こう言わなければわかりませんか？　――貴女は彼らを保護する資格を失ったんです。すでに王女ではないのだから」

　すうっと血の気が引いた。

「……どういうこと？」

絞り出すようにして問えば、ウェルナーは酷薄な笑みを浮かべてエルヴィーラの顔を覗き込んだ。

「クーデターに協力し成功させる見返りに、俺は貴女を要求したのです。貴女の身分を剥奪することを条件に、宰相はあっさり貴女を下げ渡してくれましたよ」

そんなこと信じられない。

手足でシーツを掻いて後退りながら、エルヴィーラは叫んだ。

「ホルエーゼがわたくしをあなたに下げ渡したなんて嘘です！　そんな勝手なことが許されるわけが……」

ウェルナーは獲物を追いつめるように、エルヴィーラが下がった分だけ距離を詰めてくる。

「残念ながら、貴女の父親に代わって国を治めてきた宰相には、それが許されるんです。クーデターで粛清されなかった貴族たちの間でも、すでに承認済みだ」

「そ……んな……」

頭がぐらぐらする。

ホルエーゼがエルヴィーラを軽んじているのには気付いていた。けれど、身分を剥奪して褒賞として下げ渡すほどとは思いもしなかった。

ショックを受けるエルヴィーラの顎を、ウェルナーは摑んで持ち上げた。視線を合わせると、ウェルナーは顔を傾けて一層顔を寄せてくる。

何をするつもりかと考える間もなく、唇が重なった。

嘘――。

度重なるショックのせいで、エルヴィーラは動くことができなかった。

ウェルナーがエルヴィーラにキスをしている。食《は》むように唇を動かしてエルヴィーラのそれを味わっている。熱く湿った舌に唇をなぞられ、ぞくぞくとした何かが背筋を這い上がる。

何なの、これは――。

エルヴィーラは男性とキスしたことなどない。唯一キスしたことのある母とでも、お互いの頬に軽く唇を触れさせただけだ。唇同士を触れ合わせるキスがあることはもちろん知っている。でもこんなふうにするものだとは知らなかった。そうされることで、どんな感じがするのかも。

ウェルナーの舌が唇を割って入ろうとしてきたのを感じたとき、にわかに正気が戻ってきて、エルヴィーラは顔を背けてキスから逃れた。

「やめて……！　王女であるわたくしに手を出したと知れたら、ただでは済まされないわ！」

エルヴィーラはウェルナーを押しのけようとした。けれどウェルナーの動きははやく、エルヴィーラは押し倒される。彼の両手がエルヴィーラの手首をそれぞれ摑み、寝台に縫い止めた。

「言ったでしょう？　貴女は王女でなくなり、俺のものになった。現実を認めるべきだ」

ウェルナーは、エルヴィーラの抵抗を面白がるように真上から見下ろす。無防備にされた気がしてエルヴィーラは一瞬怯んだが、負けじと睨み付けた。

「わたくしが知っている現実は、ホルエーゼがクーデターを起こしたことと、わたくしがあなたにさらわれ、知らない場所に連れてこられたということだけです……！」

彼以外の誰の話も聞かずに、こんな話を信じるわけにはいかない。

王女としての威厳を込めて、エルヴィーラはウェルナーを見据えた。

「わたくしを王宮へ帰して。王女でなくなったという確たる証拠を目にしない限り、あなたの言うことを信じるわけにはいかないのです」

ウェルナーは身を引いて暗褐色の前髪をかき上げた。

「まあ、ひとの言うことをいちいち真に受けていたら、王女は務まりませんよね」

エルヴィーラはほっとして肩の力を抜いた。諦めてくれたと思ったからだ。

だが違った。

ウェルナーはズボンのポケットから折り畳まれた紙を取り出し、それをエルヴィーラの目の前で広げた。

「これは証拠になりますか？」

早朝の薄明かりが照らす室内で、エルヴィーラは目をこらして文書に目を通す。そこに書かれた文面とずらりと並んだ署名に、エルヴィーラは目を見開いた。

「これは――」

「見ての通り確約書です。クーデター成功のあかつきには、その功労に対する報償として、貴女から王女の身分を剝奪した上で俺に与えると」

「そ、んな……」

エルヴィーラはわなわなと震えた。

文書には、ウェルナーが言った通りの文面に続いて、宰相をはじめとした国政に携わる貴族たちの署名と印章がずらりと並んでいた。どれも見覚えのあるもので、本物に間違いない。

このような扱いを受けることにショックを受けながらも、エルヴィーラは心のどこかで納得する思いもあった。

母が生きていたときにはエルヴィーラにもそれなりの敬意を見せていた彼らだが、母が亡くなったとたん、エルヴィーラを軽んじるようになった。母の母国であるスフォルトニアも、母が亡くなってからはエルヴィーラに見向きもしなくなった。王位継承権を持たず、そのうえスフォルトニアとの友好の架け橋にもなれない王女など、彼らにとってほとんど価値のないものだったのだ。

呆然とするエルヴィーラの耳に、ウェルナーの淡々とした声が聞こえてくる。

「俺も口約束だけでは心許なかったので、これがなければクーデターに協力しないと主張したんです。この確約書があったし、王宮には貴女を殺そうとする不届き者がいたので、王宮から連れ出し俺の屋敷に保護しました」

エルヴィーラは放心しながらつぶやいた。

「ここはあなたの屋敷なの……？」

「そうです。今まで兵舎暮らしだったのですが、貴女が手に入ることになったので買い取ったんです」

ウェルナーは確約書をベッド脇の台に置いて、再びエルヴィーラににじりよってくる。

エルヴィーラは本能的に怯えて後退りながら、弱々しく訊ねた。

「お願い……これだけは教えて……。王宮はどうなったのですか？　クーデターとは関わりのない者たちは？　ビアンカは……わたくしの侍女はどうなったの……？」

ウェルナーの顔が嘲笑に歪んだ。

「こんなときでも、貴女はまだ下々の者のことを心配するんですね。少しは自分の心配をしたほうがいい」

言い終えるがはやいか、ウェルナーはエルヴィーラの胸元に両手をかける。そしてボタンで閉じられた夜着の前合わせを力任せに開いた。ボタンが弾け飛び、エルヴィーラの白磁の胸元が露わになる。

「何をするの!?」

エルヴィーラはウェルナーの力に逆らい、夜着の前をかき合わせようとする。だが、ウェルナーはエルヴィーラを押し倒し、胸から両腕を引きはがして寝台に磔《はりつけ》にした。エルヴィーラはもがいて逃れようとしたが、男の力には敵わない。

エルヴィーラを真上から見下ろしながら、ウェルナーは酔いしれたように微笑んだ。

「寝台の上で男女がすることといったら決まっているでしょう？　俺が貴女を手に入れただけで満足すると思いましたか？」

エルヴィーラの胸がどきんと跳ねる。そんな自分の反応にショックを受けた。

確かに出会ったあの日から、エルヴィーラはウェルナーに憧れていた。ここ数年は叶わぬと知りつつ恋も自覚していた。

けれど、こんな状況で求められてときめいてしまうなんて、エルヴィーラは自分が信じられない。

仰向けに押さえつけられた無防備な体勢に居心地の悪さを感じながら、エルヴィーラはかすかな期待にすがった。

「あ……あなたは、何故わたくしが欲しいの？　王女でなくなったら、わたくしにいったい何の価値が……」

心が浮き立ったのは、ほんのわずかな間だけだった。

ウェルナーは残忍な微笑みを浮かべてエルヴィーラを見下ろした。

「ずっと前から、貴女を王女という高みから引きずり下ろしたかったんです。そして俺の欲望で貴女を穢《けが》したかった」

何を言われたのか、すぐには理解できなかった。引きずり下ろすとか穢すとかいった言葉がゆっくりと頭に染み込み、心を真っ黒に染めていく。

そんなことを思われるほど、わたくしはウェルナーに嫌われていたの……？

期待は無惨に打ち砕かれ、うぬぼれた自分をエルヴィーラは恥じた。

ウェルナーはクーデター側の人間で、王族であるエルヴィーラが彼に愛されているはずがなかったのだ。

密かに想いを寄せていた相手に嫌われていたという事実は、エルヴィーラの心をどん底へ突き落とした。身を裂かれるような苦痛に苛まれながら、エルヴィーラはかろうじて謝罪を口にした。

「ご……めんなさい……」

ウェルナーは、エルヴィーラの顔に視線を戻し、不思議そうに訊ねた。

「何を謝るんです？」

エルヴィーラに言わせることで傷付けたいのだろうか。そう考えると悲しくて、情けないことに鼻がつんとして涙声になってしまう。

「わたくしのことをき……嫌っているのでしょう？　だから引きずり下ろして穢してやりたいって……」

ウェルナーは目をしばたたかせ、それから苦笑した。

「逆です。嫌うなんてとんでもない。好きだからこそ、貴女を俺にくれと宰相たちに要求したんです。そうでもしなければ、俺ごときでは手に入れられなかった」

エルヴィーラはウェルナーの言葉が信じられなかった。好きだというなら何故微笑まないの？　どうして冷笑を浮かべて見つめるの？

ウェルナーは鋭く光る琥珀色の目で見下ろしながら、エルヴィーラの左手を離し、その手で頬を優しく撫でた。

「高潔な王女殿下――貴女は宰相たちの手酷い裏切りに打ちのめされても、まだ王女としての誇り高さをその目に、心に宿している。こんなに近くにいても、貴女は俺の手には届かない方だ。だから貴女の純潔を奪い、俺の欲望で穢すことで、貴女を俺の手に届く存在にしたいんです」

エルヴィーラはぞっとした。

結婚していないのに純潔を散らすなんて考えられない。エルヴィーラの身はエルヴィーラ自身のものではない。いつかこの国にとって良縁となる男性に嫁ぐためのものであり、婚姻の際には純潔でなければならない。そのために、純潔はどんなことをしてでも守らなくてはならないものだった。

先ほど見せられた確約書が有効でエルヴィーラは王女でなくなったとしても、結婚前に純潔を散らすようなふしだらな真似はできない。

エルヴィーラは身を捩り、解放された左手でウェルナーを押し退けようとした。そして拒絶を口にしようとしたけれど、喉に貼り付いてしまったかのように声が出ない。そのとき、エルヴィーラは自分が酷く怯えていることに気付いた。

怯えて萎縮した左手には力が入らない。ウェルナーはその手をものともしなかった。エルヴィーラの顎を摑んで再び唇を重ねる。今度は嚙みつくような口づけだった。強く押しつけられる唇が、エルヴィーラの口を塞ぐ。とっさに閉じた唇を、ウェルナーの強靱な舌がこじ開けようとする。

唇をきつく結んで抵抗しながら、エルヴィーラは不条理な彼の言葉に混乱した。

好きな相手を引きずり下ろして穢したいなんて、エルヴィーラには理解できない。嫌いだから傷付けたいのだと言われたほうがまだ信じられる。父と弟を殺し、エルヴィーラを王女の身分から引きずり下ろすだけでは足らず、誇りをもずたずたに引き裂こうというのだ。

これが愛情だなんて信じられない。

執拗な口づけから逃れられないでいるうちに、とうとう彼の舌が唇の中に侵入してきた。エルヴィーラは絶望に震えた。このまま彼に蹂躙《じゅうりん》されてしまうのだろうか。そんなことになったら、民に顔向けできない。

恥辱に塗《まみ》れて生きていくくらいならいっそ死にたい――。

そう思った瞬間、エルヴィーラの耳に幻聴が響く。

――何があっても生き延びなさい。

母アンニェーゼの声だった。かつて言われた言葉だ。エルヴィーラの身は、国のものであってエルヴィーラ自身のものではない。純潔も含め、我が身を何が何でも守り抜くのがエルヴィーラの使命の一つであると。

――たとえその身を穢されても、安易に死を選んではなりません。あなたの身の処し方を決めるのは国であって、あなたには決定権がないのだと覚えておくのです。

抵抗しなくては、徹底的に。それがエルヴィーラの誇りを守ることになる。

弱気になっているわけにはいかない。

怯えて絶望に震えていたエルヴィーラに、決意という力がにわかにみなぎった。

ウェルナーの舌が、歯列をも割ってその奥へ入り込もうとする。

エルヴィーラはわざと中へ誘い込み——ひと思いに歯列を閉じた。

「——ッ！」

ウェルナーは息を呑んで、エルヴィーラの上から退いた。驚愕に見開いた琥珀色の目。唇の端からは、一筋の血が流れる。

初めてひとを傷付けたことに戦《おのの》くけれど、そんな自分を叱咤してエルヴィーラはウェルナーを睨み付けた。

「ホルエーゼと……今国の実権を握る者と話をさせてください。確約書が有効なものであるのなら、王女の義務としてあなたに従いましょう」

ウェルナーは意外そうな表情をして、唇の端に流れる血を手の甲で拭った。

「あいつらに会いたいのですか？　余計に傷付けられるだけですよ」

胸に苦痛が走る。わかっている。さらに傷付く結果になるだろうことは。

それでも、エルヴィーラは彼らと会わないわけにはいかない。

「わたくしをどう扱うかの決定権は彼らにあります。あなたからだけの偏った話を受け入れるわけにはいかないのです」

ウェルナーは呆れたようにため息をついた。

「わかっていながら、なおも国への忠誠を貫きますか」

国への忠誠――言われて初めて、その通りだと感じた。

国の決定に忠実に従い、我が身を捧げる心づもりもある。それを忠誠と言わずに何と言うのか。

しっくりくる言葉をもらい、エルヴィーラの口元にうっすらと笑みが浮かぶ。

それを見て、ウェルナーは苛立たしげに目を細めた。

「どうあっても、貴女は王女でいることをやめられないらしい。ならば実力行使をするまでです」

じりじりと後退っていたエルヴィーラを引き戻すと、ウェルナーはまた覆い被さってくる。

「やめ……っ！」

押し退けようと突っ張る両手をまたもや捕らえられる。ウェルナーは、両手首をまとめてエルヴィーラの頭の上に持っていくと、片手でやすやすと押さえつけた。

ウェルナーの顔が下りてくる。

口づけしようものならまた噛みついてやると待ち構えていると、ウェルナーは空いているほうの手でエルヴィーラの夜着をはだけさせ、そこに顔を埋めようとした。

「いやっ！　やめて……っ！」

エルヴィーラは必死に暴れた。両手首の拘束を外そうともがき、顔を埋めさせまいと上体を左右に捻り、ウェルナーの身体の下に敷かれた脚をばたつかせて。

するとウェルナーの押さえつけが若干緩んだように感じた。

このまま抵抗すれば逃れられるかもしれない。エルヴィーラは渾身の力を込めて一層暴れる。

そのとき、ため息交じりの声が聞こえた。

「仕方がない」

ウェルナーのもう一方の手もエルヴィーラの頭上に伸びたかと思うと、何かが両方の手首に巻き付いてきつく締め上げる。ウェルナーの両手が離れたときには、エルヴィーラが両手を引っ張ってもほとんど動かせなくなっていた。仰向けて両腕を上げた不自由な体勢で、エルヴィーラは何とか少しだけ頭を上げる。見えたのは、ヘッドボードの突起に縛り付けられた、布のようなものでできた紐だった。その紐のもう一方には、エルヴィーラの両手首が縛られているのだろう。エルヴィーラが力を込めて引っ張るたびに、紐はぴんと張る。

この紐がある限り逃げられない――エルヴィーラは焦って手首から紐を外そうとした。だが、ぐるぐると巻かれた紐はあまり痛くはないものの、手首に食い込んで解くことも抜け出すこともできない。

焦りがパニックを引き起こし、エルヴィーラは涙声で訴えた。

「お願い、解いて……！」

ウェルナーはそんなエルヴィーラに冷笑を向け、そっと頬を撫でる。

「貴女が暴れるからこうするしかなかったんです。俺は貴女が欲しいけれど、痛い思いをさせたいわけじゃない」

どういうこと？

ウェルナーが何を言っているのか理解できない。

困惑した一瞬の隙に、ウェルナーはエルヴィーラの両腿の上に腰掛けた。彼が重しになって、脚がほとんど動かせなくなる。

ますます動けなくなって、エルヴィーラは動揺する。そんなエルヴィーラに構うことなく、ボタンが弾け飛んだ夜着にウェルナーは手をかけた。

身動きもままならないエルヴィーラは、彼のすることをただ見ていることしかできない。

ウェルナーの手が、夜着の前合わせを大きく開く。先ほどより少し明るくなった室内に、エルヴィーラの白い裸体がさらけ出された。早朝のひんやりした空気に刺激され、胸の頂がきゅっと締まるのを感じる。

それを目にしてか、ウェルナーはごくりと喉を鳴らした。舐め回すような視線を感じ、羞恥のあまりエルヴィーラの目尻に涙がにじむ。

「見ないで……お願い……」

先ほどの威勢はどこに行ってしまったのだろう。逃げられないと悟ってしまってからというもの、恐怖がじわじわと身体を蝕《むしば》み、抵抗する力が奪われていく。

エルヴィーラの怯えに気付いた様子もなく、ウェルナーは胸を大きく喘がせた。そして辛抱できなくなったかのように、エルヴィーラの胸元に顔を埋める。

「ああ……夢にまで見た貴女の肌だ。この手触り、この匂い……想像より遙かにいい」

興奮したウェルナーの声に、エルヴィーラは戦いた。

いつから、どんな想像をしていたというのだろう。

パスクァーレが女性たちと戯れる姿は何度も見ている。けれど、それはどことなく駆け引きめいていて、いやらしい光景ではあったものの遊びの延長のようにも見えた。

でも、ウェルナーは違う。エルヴィーラの胸の谷間に頬ずりしながら、まだ足りないとばかりに、大きくて硬い両手のひらで細い身体を撫で回す。

エルヴィーラが初めて見る、男のあからさまな欲望だった。

「あっ、いや……」

拒絶の声は恐怖にかすれた。

怖い。たまらなく怖い。

今や、ウェルナーは見知らぬ他人だった。エルヴィーラが恋心を抱いていた、精悍でストイックなウェルナーなど見る影もない。飢えをむき出しにして胸の谷間に唇を這わせている。柔らかく湿った唇を食むように動かされると、ぞくぞくとした奇妙な震えが身体に走った。

　これは何？

　戸惑ったのは、ほんのわずかな間だけだった。ウェルナーが胸の谷間から唇を離し、身体を起こしたからだ。

　ウェルナーは愉悦の笑みを浮かべ、大きくて硬い手のひらをエルヴィーラの首筋から胸の間、鳩尾へと滑らせた。

「身体は驚くほど軽いし腕は痛々しいほど細いから他はどうなっているかと思いましたが、腰が折れそうなくらい細い以外はそんなに酷いことにはなってないようですね。特に、この胸は予想外だった」

　痩せていきながらもしぼむことがなかった胸に、ウェルナーの食い入るような視線が注がれる。

　エルヴィーラは羞恥に頬を染めた。隠したいけれど、両手は頭の上で縛られ、両脚はウェルナーに乗られて身動き取れないのではどうすることもできない。彼の両手が二つの膨らみに伸びるのを、エルヴィーラは為す術《すべ》もなく見つめているしかなかった。

　大きくて硬い手のひらが、柔らかな乳房を包み込む。朝の空気に冷やされていた胸がぬくもりに包まれると、乳房がぴんと張るように膨らんだような気がして、エルヴィーラは狼狽する。

「いや……触らないで……」

唯一自由になる口でそう訴えたけれど、ウェルナーはにやりと笑ってこれ見よがしに胸を掴む。

「こんな魅惑的な乳房を見て、触らないでいるなんて無理です。ああ、何という肌触りなんだ……」

うっとりしながら、柔らかい膨らみに指を食い込ませてくる。きつく揉まれて、ずきんと痛みが走った。顔をしかめると、ウェルナーはすまなそうな表情になる。

「痛かったですか？　もうちょっと優しくしましょう」

「優しくしなくていいから、やめて……」

弱々しく訴えれば、即座に「嫌です」と返される。

ウェルナーは両方の手のひらでそれぞれ乳房を覆うと、円を描くように揺すった。

「駄目なことはありません。貴女はもう俺のものなんですから」

「いや……駄目……」

ウェルナーの指が、再び乳房に食い込む。今度は力を加減して、柔らかさを確かめるように揉みしだく。痛くはなかった。その代わりに、奇妙な疼きが湧き上がってくる。

「……んっ」

かすかに喉を鳴らすと、ウェルナーは密やかに笑って手のひらを胸下へと滑らせた。

「肋《あばら》が浮いているようには見えなかったけど、触ってみるとゴツゴツする。やっぱり貴女は痩せすぎです。屋敷の者に言って、滋養のある食事を用意させましょう」

「そんなことしてもらう必要は——」

ウェルナーの手が腰へと滑り下り、脇腹にくすぐられるような刺激が走る。

「あっ」

思わず声を上げると、ウェルナーはにやりと笑って、脇腹をさわさわと撫ではじめた。するとくすぐったさとはまた違った、むず痒いような感覚が湧き上がる。

エルヴィーラはじっとしていられずに身を捩った。

「んっ、やめて……っ」

喘ぐように訴えたけれど、ウェルナーに聞こえていたのかどうか。彼は身体を起こし、飢えた目をしてエルヴィーラの腹部を見つめた。

「なんて細い……俺の両手にすっぽり入ってしまいそうだ……」

称讃にも似たつぶやきを漏らして、ウェルナーは両手でエルヴィーラの腹部を掴む。両手で掴み切れはしなかったが、それに近いくらいの細さだった。

そもそも、ウェルナーとエルヴィーラでは体格が違いすぎる。エルヴィーラはウェルナーの肩くらいまでしか身長がない。腕や脚はウェルナーのほうが倍近く太く、手もずっと大きい。しかも、ウェルナーは軍人で身体を鍛えている。重いものをほとんど持たず、走ることも滅多にないエルヴィーラが、彼の手から逃れられるわけがなかったのだ。

そのことが悲しくて悔しくて、エルヴィーラの目尻に再び涙がにじむ。

それよりも辛いのは、ウェルナーに裸を見られ素肌に触れられても、一向に嫌悪感が湧いてこないことだった。

ウェルナーは再び乳房の上に手を置くと、柔々《やわやわ》と揉みしだきながらエルヴィーラの首筋に顔を埋《うず》めてくる。熱く湿った舌に細い首をねっとりと舐められ、ぞくぞくと身体が震える。そんなところは舐めるものじゃないと思うのに、奇妙な痺れからは嫌悪を感じない。夫ではない人にこのようなことをされて嫌じゃないなんて。しかも相手は自分を嫌っているとしか思えないのに。エルヴィーラは自分がとんでもなくはしたない人間になってしまったような気がして、恥ずかしくてたまらない。

ウェルナーの唇は浮き上がった鎖骨をも舐め上げ、やがて胸の膨らみに行き着いた。ちりっとした小さな痛みを感じ、エルヴィーラは彼が肌を吸い上げているのだと気付く。吸いついては唇を離しを何度か繰り返したあと、ウェルナーは身体を起こしてエルヴィーラを見下ろした。

「やっとついた」

エルヴィーラは涙声で訊ねた。

「何……が……？」

ウェルナーはうっとりとした笑みを浮かべて、エルヴィーラの肌の、先ほどまで吸いついていた場所を指先でなぞる。

「俺のものだという印です。白磁器のような貴女の肌に、紅いキスマークがよく映える」

ウェルナーの琥珀色の瞳に貪欲な光が宿るのに気付いて、エルヴィーラは両脚の間辺りにツキンと痛みを感じた。初めての経験だった。何故そんなところが痛んだのかと、エルヴィーラは困惑する。

ウェルナーは二つの膨らみをやんわりと握ると、人差し指の腹で胸の頂をくりくりと弄りはじめた。

「ここがもうこんなに硬くなってる。気持ちいいんですね」

エルヴィーラは噛みつくように言い返した。

「気持ちいいわけないわ！　こんな——」

こんな恥ずかしいことをされて、気持ちいいわけがない。

そのはずなのに、胸の頂を弾かれるたびに不可解な痺れが走り、奇妙な感覚が湧き上がってくる。エルヴィーラは耐えきれずに上ずった声を上げた。

「あっ、や……っ」

奇妙な感覚は何故か脚の間に集まってくる。その部分がじんじんと疼いて、さらなる刺激を求めてくる。

男女の性愛について、エルヴィーラは知らないわけではない。知らなくては身を守ることができないからきちんと教わっている。

でもこんなのは知らなかった。男性に触れられて、こんな感覚が生まれるなんて。

今まで知らなかった感覚が、胎内で渦を巻きはじめる。何故こんなふうになるのかわからず混乱していると、ウェルナーは胸の膨らみを寄せ上げて摑んだ。そして絞り出されるように突き出た胸の頂に口づける。

男性に乳首を咥えられて、エルヴィーラは驚いて暴れた。

「いや！　いやぁ……！」

上体を捩って逃れようとするけれど、押さえつけてくるウェルナーの手にはどうにも敵わない。ウェルナーはエルヴィーラの抵抗などものともせず、両胸の頂で凝《ここ》って硬い粒のようになった乳首を交互に舐め転がす。敏感なそこからもたらされた痺れは、身体の中心に集まるだけでなく背筋にも這い上がり、エルヴィーラはたまらず背中を反らせた。

「あっ、やぁっ」

拒絶の声は、鼻にかかった甘ったるい響きになる。

ウェルナーはほんの少し顔を上げて小さな笑い声を立てた。

「やっぱり気持ちいいんじゃないですか」

からかうような声に、エルヴィーラはかっと頬を染めた。

否定したいけれども、これが快楽というものなのだ。

男性から愛撫を受けて快楽を得ることは性交の助けになると学んでいる。そして、快楽を得るには、夫となる人を心から受け入れ安心して身をゆだねるのがよいのだと。

なのに、これは何？

ウェルナーはエルヴィーラの敵に回った。父国王と弟王太子を殺し、エルヴィーラを穢して貶めようとしている。夫でもなければ、安心して身を任せられる相手でもないのに、どうして快楽を覚えてしまうのだろう。

知識はあっても経験はないエルヴィーラは、そんな自分がたまらなく嫌だった。男性の欲望に怯えてろくに抵抗できない自分も。

こんな有様なのに、純潔を守り通せると思っていた己の過信が呪わしい。

ウェルナーは、不意にエルヴィーラの太腿から下りた。身体を下のほうへずらして、くるぶしまである夜着の裾から両手を潜り込ませてくる。男性に見せることの決してない脚に触れられてしばし呆然としたエルヴィーラは、ウェルナーがすねから太腿へと手を這わせるにつれ夜着がめくれ上がっていくのに気付き、慌てて脚をばたつかせた。

「まだ抵抗なさいますか」

ウェルナーはため息交じりにそう言うと、エルヴィーラをやすやすとひっくり返してしまう。俯せになったエルヴィーラの足に再び体重をかけて、ウェルナーは夜着を腰上までまくり上げてしまった。

夜着の下には何も着けていなかったようだ。朝の冷気が直接臀部に触れ、ひやりとする。その上に、ウェルナーの温かな手が重ねられた。

「ああ、お尻は肉付きがいいようですね。腰は折れそうなくらい細いのに胸と尻はこれほど豊かなんて……男がそそられずにはいられない身体を持ちながら、よく無垢でいられたものです」

そう言いながら、ウェルナーはさわさわとお尻を撫でる。エルヴィーラはどうしたらいいかわからなくなった。

「いや……そんなこと……」

ぎゅっとシーツを握りしめ羞恥に耐える。

撫で回す手が次第に大きな円を描くようになり、お尻の割れ目をなぞるように動く。割れ目に手が食い込むのを感じ、エルヴィーラは仰天して身を捩った。

「や……いや……っ」

背後から、ウェルナーの密やかな笑い声が聞こえる。

「良い眺めだ。そんなふうに身をくねらせている貴女は、足の間をちらちらと見せて誘っているようだ」

「え……!?」

エルヴィーラはぎょっとして足を閉じる。それはウェルナーにとって思うつぼになった。エルヴィーラが動かなくなったのをいいことに、ウェルナーは身体を下へとずらしてエルヴィーラの脚に手のひらを這わせる。太腿からふくらはぎ、足の先へと。

「脚も滑らかで柔らかいですね。俺の硬い手のひらで擦れば、傷を付けてしまいそうだ」

強すぎず弱すぎず――その微妙な力加減のせいか、むず痒い感覚がなぞられた場所から湧き上がってくる。

「あっ、やぁ……っ」

じっとしているのが難しくなり、エルヴィーラは太腿を擦り合わせてその掻痒感《そうようかん》を散らそうとする。

「ふっくらとした太腿に、ほっそりしたふくらはぎ……男の夢を体現しているかのようです」

身体の特徴をいちいち言われて、エルヴィーラは羞恥のあまり頭がくらくらした。

「お願い……言わないで……」

枕に顔を埋めるようにして、エルヴィーラは懇願する。けれど、ウェルナーにはエルヴィーラの羞恥が理解できないようだった。

「何故です？　貴女の身体はこんなにも素晴らしいのに。称賛せずにはいられません」

足先までなぞったウェルナーの手が、今度はエルヴィーラの身体を這い上がってくる。臀部にまで戻っても止まらない。

「やめて……んっ」

自分の口から零れた甘ったるい声に愕然とするエルヴィーラに、ウェルナーは嬲《なぶ》るような声をかける。

「それで拒んでいるつもりですか？　声が甘くて拒絶しているように聞こえない」

言われなくても気付いていたのに、あえて指摘されると恥ずかしくて消え入ってしまいたくなる。

今身体が感じているのは、ぞくぞくとしたあの奇妙な感覚だった。痕を付けられたかのように、ウェルナーの手のひらが触れていった部分がじんじんしてなかなか消えない。

夜着の裾を肩口まで上げると、ウェルナーはエルヴィーラをまたひっくり返した。

仰向けにされたエルヴィーラの夜着の前面は、いつの間にか脚の付け根ぎりぎりのところまでめくれ上がっていた。ウェルナーは、それを背面と同じく身体をなぞりながらめくり上げる。喉元まで押し上げられた夜着を、彼はぐっと掴んで頭の上まで持っていった。手首をまとめて縛り上げられているために、夜着はエルヴィーラの腕の部分で留まる。

頭からつま先まで裸身をさらされてしまい、エルヴィーラは火を噴きそうなくらいに顔を火照《ほて》らせた。裸身を舐めるように眺めるウェルナーの視線に、その羞恥を煽られる。

「いや……！　見ないで……っ」

エルヴィーラは精一杯顔を背けて目をきつく閉じる。そうすればウェルナーの視線から隠れられるとでもいうかのように。

実際には、そうなるわけもなかった。

「何て美しいんだ……」

ウェルナーは感嘆の声を上げると、再び胸を揉み頂を口に含んだ。

「いや……っ、あっ、んっく」

甘ったるい声が出てしまい、エルヴィーラは懸命に声を呑み込もうとする。

心臓がバクバクと早鐘を打ち、息が苦しくて呼吸が忙《せわ》しくなる。それも恥ずかしかった。興奮した様子のウェルナーの呼吸も、同じように忙しいからだ。

エルヴィーラも興奮しているのだろうか。――そんなわけはない。そんなことあってはならない。エルヴィーラはウェルナーのすることを拒まなければならないのだから。

声を噛み殺して与えられる刺激に耐えるけれど、湧き上がってくる感覚はどうすることもできなかった。熱い口腔に含まれ、たっぷりと唾液をまぶされ舐め転がされる頂がじんじんする。柔々と揉まれる乳房からも、得も言われぬ疼きが生まれてくる。

ウェルナーが、ほんの少し唇を離して言った。

「俺の愛撫に、こんなに感じてくださって嬉しいです」

「か、感じてなんか――あっ、ふ……ぅ」

濡れた頂に冷たい息を吹きかけられ、その鋭い刺激に身体がびくびくする。

ウェルナーはまた密やかに笑った。

「強情な方だ。認めてしまえば楽になれるのに」

快楽を覚えていることを隠し切れていないのだと思い知らされ、耐え難い恥辱に唇を噛む。

ウェルナーはそれ以上からかったりせず、また胸の頂を口に含んだ。ねっとりと舐め上げ、時折甘く歯を立てられる。膨らみに食い込む指からも甘い疼きがもたらされ、脚の間に集まってくる。その疼きは耐え難く、エルヴィーラは一層強く太腿を擦り合わせる。すると新たな快楽が湧き上がって、エルヴィーラは我を失いかけた。

そんなエルヴィーラを正気に引き戻したのは、ウェルナーの一言だった。

「触ってほしくなりましたか？」

気付かぬうちに顔を上げ、エルヴィーラの顔を覗き込んでいる。エルヴィーラははっと我に返り、うろたえながら否定した。

「そ……んなわけ、ないでしょう……！」

自分で触れて何とかしたいという気持ちはあっても、男性に触られたいなんて間違っても思わない。

なのに、ウェルナーはエルヴィーラの片脚を強引に持ち上げ、開いた脚の間にもう一方の手を滑り込ませた。

「いや……！」

エルヴィーラは慌てて拒もうとした。けれど、両手を頭の上で縛られ片脚に重みがかかっている状態では、暴れたところでたかが知れている。ウェルナーの手はやすやすとエルヴィーラの両脚の中央にたどり着いた。その手は、疼いてどうしようもなく感じていた部分に的確に触れてくる。金色の茂みに覆われた双丘の奥で脈打つ何かに。

強烈な刺激に、エルヴィーラはたまらず声を上げた。

「やっ、あっ」

硬く閉じた瞼の裏で、ちかちかと光が飛び散る。触れられた部分から、それまで以上の快楽が広がっていく。エルヴィーラは無意識に流されまいとして足を突っ張った。手は縋《すが》るものを求めて、自らの手首を束縛する紐を摑む。正気を保とうとして歯を食いしばるけれど、快楽に耐えるのに精一杯で、他に何も考えられなくなっていく。

「んんっ、んっ、くっ」

食いしばった歯列の奥からこらえきれなかった声が漏れ出る。押し寄せる快楽にじっとしていられず、四肢を強ばらせながら身悶えた。

そんな最中《さなか》、胎内に何かが入り込むのを感じて、エルヴィーラは恐慌に陥った。

「いやぁ！　やめて！　それだけは……っ！」

持ち上げられていた脚を懸命に蹴り上げ、大きく身をくねらせて暴れる。ウェルナーは脚の間から指を引き抜き、エルヴィーラの身体を両手で押さえ込んだ。

胎内に入り込んだものが抜ければ、エルヴィーラは次第に落ち着いてくる。

顔を覗き込んでくるウェルナーを呆然と見上げれば、彼は皮肉げな笑みを向けてきた。

「純潔を奪われるところだったと思ったんですか？　残念ながらそれはまだ先です。今入れたのは指ですよ」

本当だろうか？　見えていなかったし、経験もないからよくわからない。

押し黙っていると、ウェルナーの皮肉げな笑みがほんの少し和らいだ。

「慣らさないと、貴女が痛い思いをする」

「慣らす……？」

困惑するエルヴィーラに、ウェルナーは嬉しそうに微笑んだ。

「貴女は本当に何も知らないんですね」

ウェルナーは身体を起こすと、シャツの裾に両手をかけて勢いよくめくり上げた。シャツを頭から引き抜くと、両袖も腕から引き抜いて寝台の外へ放る。

エルヴィーラはぎょっとして顔を背け、それから慌てて目を閉じた。

一瞬だったけれど、見てしまった。小麦色の肌。逆三角形に引き締まった身体。胸板や腕など、筋肉が盛り上がって逞しい……。

思いがけなくよく見てしまっていたことに気付き、エルヴィーラはかぁっと頬を火照らせる。何てはしたない。男性の身体をそこまでつぶさに見てしまうなんて。羞恥に耐えていると、再び左脚が摑まれて、疼きの中心に指が這わされた。

「や……っ」

エルヴィーラが動揺して目を開けると、ウェルナーはエルヴィーラの顔をじっくり見つめながら、胎内への入口をぐるりとなぞる。

「……っ！」

息を詰めたそのとき、触れられた部分からくちゅりと音が聞こえたような気がした。

ウェルナーは胎内から指を引き抜き、エルヴィーラによく見えるように掲げて見せる。

「貴女は初めてだし、こんな状況だから濡れないかもしれないと思いましたが、ほら」

人差し指に親指をくっつけ、ゆっくりと離す。すると指の間に透明な糸が引いて、すぐにぷつんと切れた。

「ちゃんと濡れてる。大丈夫。気持ちよくなれますよ」

最初、何を言われているのかわからなかった。ウェルナーの指先で糸を引いたものが何なのかも。だが、今までに本で得た知識の中に心当たりを見つけると、じんわりと頬が熱くなってくる。

——女性は気持ちよくなってくると、男性を受け入れる場所から透明な粘液を分泌します。その粘液は男性を受け入れる際に女性の身体を守り、性交を助けるものです。

こんな異常な状況でそんなものが分泌されたなんて信じられない。——信じたくない。

自分を憎む相手に弄ばれて、気持ちよくなったなんて。

呆然としていると、ウェルナーはうっとりと目を細め、糸を引いたその指先を自らの口元に運んだ。そして濡れそぼった指に舌を這わせる。

エルヴィーラは我に返って制止の声を上げた。

「やめて！　汚い……！」

どうすることもできないエルヴィーラを嘲笑うように、ウェルナーはもう一度ぺろりと指先を舐める。

「汚いことなんてないですよ。貴女の蜜はとても甘い……」

言葉で穢された気分になって、エルヴィーラは屈辱に顔を歪めた。ウェルナーは楽しげに笑う。

「王女としての教育を受けて何でも知っているかと思っていましたが、この方面に関してはあまりご存じないようで嬉しい限りです」

歯ぎしりしたい思いでエルヴィーラは訊ねる。

「わたくしの無知を嬉しく思うのは、馬鹿にできるからですか……？」

ウェルナーはうっとりと目を細めた。

「いいえ。俺が貴女に教えられるということが嬉しいんです。貴女を俺だけの色に染められる。誰にも触らせやしません」

向けられた独占欲に、エルヴィーラはぞくんと身体を震わせた。怖いはずなのに、その震えに甘さを感じてしまうのはどうして？

答えが出ないうちに、ウェルナーはまたエルヴィーラの胎内に指を沈めてきた。他人の一部が胎内に入ってくることに、今さらながら恐怖を覚える。

「いや……よして……」

震えながら拒めば、ウェルナーは宥めるように話しかけてきた。

「大丈夫ですよ。怖いことなんてありません。慣れればきっと気に入りますよ」

気に入るなんてことあるわけがない。恥ずかしくてどうにかなってしまいそうなのに。

ところが、指がさらに沈むと様子が一変してしまった。内側のある場所を擦られたとたん、その場所から快楽が湧き上がってくる。双丘の中に隠れていたしこりに触れられたときに似た快感が。そうなると、恥ずかしい気持ちよりも、もっと触られたいという欲求に頭が支配されていってしまう。

「気持ちよくなってきたでしょう？」

その声にはっと我に返る。指摘された上にそれを否定することもできず、エルヴィーラは恥辱に顔を歪める。そんなエルヴィーラの気持ちなどお構いなしに、ウェルナーは得意げに言った。

「俺の手で気持ちよくなってくださって嬉しいです。これはどうですか？」

胎内に埋められている指をぐりんと回される。ある一点を抉られたとたん、鋭い刺激がエルヴィーラを貫く。

「あっや……！」

反射的にびくっと震えてしまい、快楽を覚えていることをウェルナーに伝えてしまう。

ウェルナーは満足げに微笑んで、同じ箇所を何度も指先で抉った。

こらえても零れてしまう声。くちゃくちゃと粘ついたものが音を立てる。

「濡れていますが、足りませんね。これでは貴女を傷付けてしまう」

残念そうなウェルナーの声を聞き、エルヴィーラはほっと息をついた。諦めてくれるのだと思ったのだ。

が、ほっとしたのは束の間だった。

ウェルナーはエルヴィーラの両方の膝裏に手をかけると、上半身のほうへ足を畳む。お腹に腿が触れた状態から膝を大きく割られ、脚の間に隠されていた秘めやかな部分が露わになった。

「――ッ！」

あまりに恥ずかしく屈辱的な体勢に、エルヴィーラは拒絶の言葉も口にできず息を呑む。そんな恰好にさせられただけでもショックなのに、それを上回る衝撃がこの先に待ち受けていた。

エルヴィーラの恥ずかしい部分を食い入るように見つめていたウェルナーが、不意に頭を下げてくる。

恥辱にくらくらしていたエルヴィーラは、ウェルナーの意図にすぐには気付けなかった。金色の茂みに彼の鼻が埋まったところでようやく悟る。

「や！　やめて……！」

身体を捩って逃れようとしたけれど、そのときにはすでに遅かった。ウェルナーが両脚を摑んで押さえつけていたのでほとんど動くことができず、いとも簡単に大事な場所を許してしまう。

ウェルナーの舌が茂みを掻き分け、双丘の奥へ入り込んでくる。そこで脈打つ突起を舌先が捉え、突《つつ》かれるように舐められる。

そういう愛撫があるのは学んでいたけれど、本当にするものだとは認識できずにいた。実際にされたときのことなんて考えたこともなかった。

今まさにそうされてエルヴィーラはパニックに陥る。

「いやぁ！　やめ——！」

恥も外聞もなく甲高い悲鳴を上げ、ウェルナーの身体の下でのたうち回る。

ウェルナーは顔を上げて不満そうに言った。

「〝いや〟〝やめて〟、そればっかりだ貴女は。そろそろ他の言葉も聞きたい」

金色の茂みの向こうにウェルナーの顔が見える。そんな恥ずかしい光景に耐えながら、エルヴィーラは懇願する。

「お願い。もう許して……」

「そんなに可愛くおねだりされても、やめて差し上げるつもりはさらさらありません」

訳のわからないことを言って、ウェルナーは再び茂みに鼻を埋める。

「さっきよりも膨らんで、もうぱんぱんだ。気持ちいいでしょう、こうされると」

双丘に隠れていた突起を舐め転がされて、これまでにない快感が全身を貫く。

「いやぁ！　あぁぁ……！」

エルヴィーラはたまらず声を上げる。

感じたくないのに。

父と弟を殺され、身分も剥奪されて絶望しているはずなのに、何故こんなにも感じてしまうの？

双丘の奥にある芽を舐めていた舌がすうっと下りて、先ほど指が沈んだ場所を抉る。

「ひっ……！」

怯えて思わず悲鳴を上げれば、ウェルナーが舌を退いて秘かに笑う。

「どうしても怖いようですね」

そう言って再び舌をエルヴィーラの胎内に差し入れる。入口をぐるりと舐め回されれば、かすかに快楽を覚えてしまい、エルヴィーラは混乱した。あえかな声が唇から漏れ出て背中が反る。ぴんと張った足先は、さまようようにシーツを掻く。エルヴィーラは自らの淫らな様子に気付くことができない。

再び指を入れられたときには、もう恐怖を覚えることはなかった。ただただ感じるのが嫌で、懸命に首を振る。圧迫感がもたらす奇妙な快感。ナカを広げるようにぐるりと回されると、そこからどろりと何かが溢れてくる。

「ああ、よく濡れてきた。この分なら大丈夫そうです」

ウェルナーは指をさらに埋めて、それからゆっくりと抜き差しする。硬く節くれだった指が入ったり出たりするたびに、かすかだけれど背筋を這い上がるような快感を覚える。次第にそれがはやくなってくると、くちゅくちゅと粘ついた水音が聞こえてきた。指の動きが滑らかになり、快感はますます高まってくる。

「あっ、や……っ」

どうしてしまったのだろう、自分は。抵抗しなければならないのに、快楽に翻弄されて身体をくねらせるばかり。仰け反ると胸を差し出すような恰好になる。ウェルナーはエルヴィーラに覆い被さって、差し出された胸の頂を再び口に含んだ。

「あっ、あっ、いっや、あ、あぁ……っ」

秘部と胸の頂への愛撫のせいで、快感はますます大きくなっていく。何だろう、これは。耐えられない。

ウェルナーが一旦胸の頂から唇を離した。

「そろそろイきそうですね。イってしまっておきましょう」

再びそれを口に含まれ、胎内に指を深く差し入れられたまま快楽を覚える突起を転がされる。

耐えきれない。そう思った瞬間、身体に弾け飛ぶような衝撃が走った。快感が全身にまき散らされたように広がり、エルヴィーラは四肢をびくびくと震わせる。

快楽が静まってくると、エルヴィーラは身体を弛緩させて呆然と天井を見上げた。何だったのだろう、今のは。

「俺の手でイきましたね――気持ちよさが限界を超えたということですよ」

ウェルナーに得意げに言われて、エルヴィーラはこれが穢されるということかと感じた。気持ちよかったのは否定できない。だからこそ、敗北感が心を覆い尽くしていく。

ウェルナーはエルヴィーラの顔を覗き込む。エルヴィーラの脚を解放した左手を伸ばして、そっと頬を撫でた。

「俺にイかされて絶望したんですか？　まだまだこれからですよ。もっと堕ちてください」

「お願いだから、もうやめて……」

情けないことに涙声になってしまう。けれどウェルナーは嬉しそうに微笑む。

「嫌です。貴女を完全に堕とすまで、いや、その先もずっとやめるつもりはありません」

一旦引き抜かれた指が、先ほど以上の圧迫感を伴って再び入り込んでくる。ばらばらと動く感触に指を増やされたのだと感じた。

嫌なのに、予測不能な指の動きに、エルヴィーラは再び快楽を押し上げられる。圧迫感もすぐに消えて、エルヴィーラはもたらされる快感に身悶えた。

「んんっ、あっ、ふっ、ん、く……っ」

声を押し殺そうとしても、勝手に漏れ出てしまう。その声にかぶさるように、胎内からぐちゅぐちゅという粘ついた水音が聞こえる。それが自分の身体から溢れたものが立てる音だと思うと、耐え難いくらいに恥ずかしい。

どうして……どうしてこんなことになってしまったの……？

瞳に涙の膜が張って視界がぼやける。涙に反射してきらめく朝の透明な光を目にしながら、どうして綺麗な光の中でこんなことをしていなければならないのかと何度も自分に問いかける。

他に道はなかったのだろうか。こんな結末を迎えずに済んだはずの道は。

エルヴィーラの悲しみを余所《よそ》に、ウェルナーは嬉々とした様子で指をかき回した。

「三本に増やしてもよさそうですね」

「いやっ！　あっ、ああ……っ！」

容赦なく数を増やされて、エルヴィーラはあられもない声を上げた。

そこに男性を受け入れるのだというのは知識として知っていても、脚の間に太い指を三本も呑み込んでしまうなんて思ってもみなかった。

慣らされているせいか、圧迫感はあっても痛くはない。痛くないからこそ辛い。初めて男性を受け入れるときは、痛みを伴うものだと教えられた。それなのに痛くなくすんなりと受け入れられるなんて、自分が淫らになってしまったようではないか。

今さらながら、ウェルナーが言っていたことの意味に気付いた。

――俺は貴女が欲しいけれど、痛い思いをさせたいわけじゃない。

あれは、初めてであるエルヴィーラに痛みを感じさせたくないという意味でもあったのだ。

でも、痛みがあったほうがまだ耐えられたかもしれない。快楽があったのでは、まるでエルヴィーラが望んでウェルナーを受け入れているみたいで、王女としての矜恃《きょうじ》を酷く傷付けられてしまう。

「いや……もうやめて……ぅん、あっ、あぁ……」

拒もうとしているのに、そのための声は妙に甘ったるく、誘っているようにも聞こえる。それがたまらなく恥ずかしい。そんなエルヴィーラの羞恥を、ウェルナーはいたぶるように煽ってくる。

「〝いや〟? 貴女の身体はそうは言ってないようですよ。とても気持ちよさそうだ。ほら」

三本の指をばらばらと動かし、わざと大きな水音を立てる。エルヴィーラは頬を赤く染めながら抗議した。

「それはあなたが……っ、そんなことをするからっ……」

「ですが、ここを濡らすのはほとんどが貴女の蜜ですよ。俺の唾液の量なんてたかが知れています……ああ、溢れて垂れてしまいそうだ。もったいない」

ウェルナーはそう言ってまた、エルヴィーラの両脚の間に口を付ける。じゅるっと音を立てて胎内から出てきたものを吸われ、エルヴィーラは悲鳴を上げた。

「いやぁ! あぁっ!」

下の口から出てきたものを飲まれるだけでも耐え難いのに、そのために触れてきた彼の唇にも感じてしまい、どうにかなってしまいそうなくらいの羞恥に見舞われる。

ウェルナーは三本の指でまたかき混ぜながら、恥辱に震えるエルヴィーラの頬に手を伸ばしてきた。エルヴィーラは顔を背けて避けようとするけれど、手首を縛る紐に動きを阻まれて、その手を受け入れざるを得ない。ウェルナーはエルヴィーラの頬を優しく撫でながら、残酷な言葉を紡いだ。

「美味しかったですよ。貴女の蜜は本当に甘い」

その言葉が、どれだけエルヴィーラに苦痛を与えるかわかっていないのだろうか。もしかすると、痛みを与えたくないのは身体だけで、心はズタズタに引き裂きたいのかもしれない。だって、ウェルナーは好きと言いながらエルヴィーラを貶めたいとも言う。嫌がるエルヴィーラを、甘い手管《てくだ》で嬲りものにする。

ウェルナーは父と弟の仇《かたき》なのだと何度自分に言い聞かせても、エルヴィーラは彼の愛撫に快感を覚えてしまう。それが二人への裏切りのように感じる。この国の他の誰もが彼らの死を喜んでいても、自分だけは二人の死を悼まなければならないと思うのに。

そのとき、エルヴィーラの目から涙がぽろりと零れた。

二人の死が悲しいからじゃない。自分に言い聞かせなければ肉親の死を悼めない自分の薄情さが苦しかったからだ。

一旦零れると、涙はあとからあとから溢れてきた。心も限界を超えてしまったのかもしれない。クーデターに肉親の死、自分のこの先もわからなくなった上に、心配しなくてはならない者たちが山ほどいる。なのに王宮から連れ去られ、手首を縛られ拘束されて逃れられず、男の淫らな手に堕ちようとしている。

自分がふがいなく情けなく、涙がどうにも止まらない。

ウェルナーが甘ったるく囁く。

「そんなに嫌だったんですか？　でも大丈夫。羞恥をかなぐり捨てればきっと好きになりますよ」

そういうことじゃないなんて言えなかった。言いたくもなかった。言えば彼は喜んだかもしれない。エルヴィーラが一層傷付くのも構わず。

ふいとそっぽを向けば、ウェルナーはエルヴィーラの胎内に収めた指の動きを再開した。

「やめて……！　こんなことはもうやめて――んぁっ！」

胎内の感じる部分を擦り立てられて、エルヴィーラは思わず声を上げてしまう。

エルヴィーラが反応した場所を、ウェルナーは執拗に擦った。

ウェルナーから逃れるため、エルヴィーラは自らを縛る紐を懸命にたぐり寄せる。そうすると身体はヘッドボードのほうへ上がるけれど、少しでもウェルナーから離れると腰を摑まれ引き戻される。そしてまた胎内に指を埋められ、ぐちゅぐちゅと掻き回されてしまうのだ。

今、脚の間にはウェルナーの逞しい腰があるため閉じられない。唯一の慰めは、ウェルナーがエルヴィーラに覆い被さって胸の頂を口に含んでいるため、秘めるべき場所を彼に見られていないことか。その代わり、特に感じる部分を二ヶ所も愛撫され、エルヴィーラは息も絶え絶えだった。

快楽の塊《かたまり》が脚の間に集まって苦しい。どうしたらその苦しみから解放されるのかわからない。

「もうぃやぁ……っ、んっ、あっ」

「そろそろか……」

ウェルナーはそう独りごちたかと思うと、三本の指を胎内に深く沈めたまま、もう一本の指を双丘に滑らせた。そして茂みを掻き分け双丘を割ると、その中に隠れていた突起をぐりっと押しつぶす。

とたん、きつく閉じた瞼の裏が眩い光に染まり、身体に破裂するような衝撃が走った。

「いやっ！　あっ、あぁ――！」

エルヴィーラは甲高い声を上げて背中を反らせる。ヘッドボードに繋がれた紐をきつく握りしめ、大きく開かれた脚を突っ張って、足先でシーツを掻いた。身体はびくびくと震え、呼吸もままならない。頭の中は真っ白で、自分がどれほどいやらしい姿をさらしているか、気付くことさえできなかった。

そんなエルヴィーラを、ウェルナーはごくりと唾を呑み込んで貪欲に見つめる。

衝撃が過ぎ去ると、エルヴィーラの身体からがくっと力が抜け、寝台に沈んだ。手にも足にも力が入らない。胸と肩だけが、空気を欲して忙しく上下した。

何だったの……今のは……。

心の中で呆然とつぶやく。

ウェルナーが満足そうな微笑みを浮かべて、エルヴィーラの顔を覗き込んでくる。何も考えられずぼんやりと見つめていると、頬に軽く口づけを落としてきた。

「またイきましたね」

からかうように言われて、エルヴィーラはかっとなる。

だが、何を言い返せようか。ウェルナーの言った通り、エルヴィーラは確かに二度も気持ちよさの限界を超えたのだ。敵となり、自分を嫌う男の手によって。

恥辱を噛み締め、エルヴィーラはウェルナーから顔を背けた。逃げられないのなら、せめて彼を視界に入れたくない。

そんな思いも、いともあっさり打ち砕かれた。

ウェルナーは、エルヴィーラの胎内に沈めていた指をまたもや動かしはじめる。エルヴィーラは目を見開き動揺した。

「や……っ、なん、でまた……!?」

終わったのではなかったのだろうか。同じことがもう一度繰り返されると思うと、胸がツキンと痛み、一旦は鎮まった身体の奥にかすかな疼きが生まれる。今度こそ流されまいと歯を食いしばるエルヴィーラを、ウェルナーはぎらつく目をして間近から見つめた。

「何度だってしてします。貴女が快楽に溺れて我を忘れるまで」

本気だ。冗談だなんてとても思えない。同じような感覚を何度も与えられたら、本当に自分を見失ってしまう。

「い――いやっ、いやぁ！　やめて……！」

首を激しく振り、脚をばたつかせて抵抗するけど、ウェルナーには何の妨害にもならない。エルヴィーラの脚の間に腰を据えた彼は、エルヴィーラの胎内に三本の指を深く差し込んだまま、左手で乳房を搾るように握り、突き出した頂を口に含む。熱い口腔の中でぷっくり膨らんだ乳首を舐め転がし、時折甘嚙みしたり吸い上げたりする。彼の右の親指らしきものが再び双丘を割り、中の突起を擦り立てる。胎内から溢れたもので濡れそぼったそこは、指の愛撫を敏感に感じ取って、エルヴィーラの全身に甘い痺れを迸《ほとばし》らせる。

「ぅあっ！　あっ、やっ、ああ……っ」

拒絶のために振っていたはずの頭は、いつの間にか絶頂の前兆に耐えるために振られていた。ばたつかせていた脚も、迫りくる快楽の波に悶えるようにシーツを掻く。

脚の間からはぐちゅぐちゅという卑猥な音が響き、胎内に溜めきれなかった粘液が尻の割れ目を伝ってシーツに落ちる。生理的な涙が溢れ、エルヴィーラが頭を振るのに合わせて宙に飛び散った。

ウェルナーは、エルヴィーラがどこをどう愛撫すればより気持ちよくなるのかすでに知り尽くしているかのように、その手管ばかりを用いて攻めたてていく。そのせいで、エルヴィーラは三度目の絶頂をあっさりと迎えた。

「んぁ！　あぁ――――！」

背中が反り、四肢が痙攣するほど身体を強ばらせる。胎内にも力が入り、深く咥え込んでいたウェルナーの指を強く食い締めた。それが新たな快感を生み、びくんびくんと身体を震わせる。

エルヴィーラが絶頂をやり過ごして弛緩すると、ウェルナーは一呼吸の間も置かずに愛撫を再開した。

「ま、待ってて っ、もうっいや……！」

「そんなことが言えるうちはまだまだですね。続けていきます」

エルヴィーラが動けないのをいいことに、ウェルナーは三本の指を激しく抜き差しする。

「ひぁっ、あぁ――あっあっ」

悲鳴じみた嬌声に、じゅぼじゅぼという恥ずかしい音がかぶさる。襲い来る羞恥が、何故か快楽を押し上げて、エルヴィーラをますます追い詰めていく。

立て続けにイかされて、エルヴィーラの意識は散り散りになった。頭は朦朧《もうろう》とし、目を開けているはずなのにぼんやりとしか周囲が見えない。

きらきらとした視界の中に、ゆらりと影が過《よ》ぎる。

──またイったみたいですね。俺の手でこんなに感じてくださって嬉しいです。

声が遠い。──誰の声？

影が揺らめくのに合わせて、エルヴィーラの身体もかすかに揺れる。

影が迫ってきて、エルヴィーラの脚が持ち上がった。持ち上がったとわかるだけで、それ以上のことはわからない。ただ、両脚の中心に熱いものを擦りつけられて、その部分がぞくぞくと戦慄《わなな》いた。

──さあ、最後の仕上げといきましょうか。……いや、始まりかな。貴女と俺は、ここから始まるんです。

熱いものが、ぐっと押しつけられる。強い圧迫感を感じたかと思うと、ずるっとそれが入り込んできて引き裂かれるような痛みが走る。

痛みが思考にかかっていた靄《もや》を晴らし、エルヴィーラを正気付かせた。

影の正体はウェルナー。エルヴィーラの両脚を大きく広げさせ、その間に腰を押しつけている。いつの間にかズボンも脱ぎ捨て裸身になった彼の中心が、エルヴィーラの秘めやかな場所に突き刺さっていて──。

「──ッ！　いやっ！　やめて！　それだけは──っ」

「ここまできてやめられるかッ……ようやく手に入れられるんだ、ようやく──」

切羽詰まった声を吐き出したウェルナーは、再び腰を強く押しつけてくる。ずるりとまた入り込んでくる感触がして、エルヴィーラはたまらず悲鳴を上げた。

「痛っ、痛い！　お願いっやめて――ッ」

痛みから逃れたい一心で、エルヴィーラは暴れる。

純潔を失う恐怖に加え、知識がエルヴィーラを苛んだ。純潔が散るときは痛みを伴うものだという。しかも、血が出るほどの痛みが。

暴れる身体を寝台に押しつけながら、ウェルナーも余裕のない声で言った。

「ッ！　力を、抜くんだッ」

言われた通りにできるわけがない。力を抜けば純潔を散らされてしまう。だが、ずっと力を入れていられるわけじゃない。息を吸う際に身体からわずかに力が抜け、その隙にウェルナーはぐっと腰を押し進める。

彼が入り込んでくるたびに、酷い圧迫感がエルヴィーラを苛む。次こそは身体を裂かれる――そう思った瞬間、何かを破られる衝撃と激しい痛みに襲われる。

純潔を散らされたのだと、本能的に悟った。

「いやぁ――！」

エルヴィーラは絶叫した。

こんなことあってはならなかったのに。結婚もまだなのに、男性に身体を暴かれて純潔を失うなんて。ずっと守り通してきたものを奪われ、そのショックで新たな涙が溢れ流れていく。

ウェルナーはエルヴィーラの胸元に顔を埋め、震える息を深く吐き出した。それから顔を上げ、エルヴィーラの目尻からこめかみへと伝う涙を指ですくい上げる。

「痛かったですか？」

エルヴィーラはそっぽを向いて無言で頷いた。拗《す》ねた幼子のようになって不本意だったが、嗚咽が込み上げてきて声が出ない。

身体だけでなく、心も痛かった。

どうしてこんなことに……。王女でなくなったかもしれないけれど、女性としても純潔を守り通さなくてはならなかった。それなのに、こんな形で無理やり奪われ、身体だけでなく、心もズタズタだった。

しゃくり上げるたびに身体が揺れる。身体が揺れると、胎内を目一杯拡《ひろ》げる彼のモノがわずかに動き、それだけでじくじくと痛みが走る。

更なる痛みを恐れて身を硬くしていると、ウェルナーの手が優しく頬を撫でた。

「怖がらないでください。痛みが落ち着くまで動きませんから」

そんな優しさなんかいらない。

「お願いだから、抜いて……っ」

何とか声を絞り出したものの、その願いは素っ気なく拒まれた。

「駄目です。まだ終わってない」

ウェルナーはそう言ってエルヴィーラの両胸を寄せ上げると、両方の頂を交互に口に含む。熱い口腔の中で肉厚な舌に舐め転がされ唾液をたっぷりとまぶされる。そうされて唇が離れていくと、朝の冷気に濡れそぼった部分が冷やされ、そんな刺激からもかすかな快楽を覚えてしまう。痛みによってすっかり消えたはずの快感が、再び芽吹いてくる。

エルヴィーラは嗚咽交じりに懇願した。

「もうよして……いや……」

「貴女こそ、もう諦めてください。貴女は、俺のものに、なったんだ」

ウェルナーは苦しげに言う。何故か彼の息が荒い。どうして……と思いながら、エルヴィーラも胸を喘がせる。お互いのちょっとした動きでも、胎内で彼のモノが擦れて痛みを感じたが、圧迫感は次第に和らぎ、快楽が痛みを紛らわせていく。

二人が繋がり合った部分に、ウェルナーが手を潜り込ませる。双丘の間にある突起をいともあっさり探り当てられた。濡れそぼったそれをウェルナーの指に弾かれて、エルヴィーラは大袈裟なくらいにびくっと震えた。

「……んッ」

強い快楽を覚えて、こらえきれずに喉が鳴る。

信じられない思いだった。あれほど痛かったのに、ほんのちょっと愛撫されただけで、快楽が痛みを凌駕するなんて。

ウェルナーが顔を上げて、呆然とするエルヴィーラににやりと笑った。

「痛くなって、きたようですね。では、これはどうですか？」

悩ましげな息を吐きながらそう言うと、ウェルナーはぐるりと腰を回した。その動きに伴って、彼のモノが内壁を抉る。

「うん……っ」

大きく擦れたのに、感じたのは快楽だけだった。先ほどまで痛みでしかなかったものまでもが、甘い痺れとなって全身に行き渡っていく。

たまらなく恥ずかしかった。先ほどまで痛いと騒いでいたのに、何という変わりようか。目尻にじわりと溜まった涙を見られたくなくて、エルヴィーラは精一杯顔を背ける。

ウェルナーはエルヴィーラの胸の先端と脚の間の突起を弄る。そうしながら、エルヴィーラが特に感じた部分に自身を擦りつける。

「んっ……くっ」

歯を噛み締めて声を我慢していると、ウェルナーは興奮に荒くなった息の合間に話しかけてきた。

「もう、痛くないでしょう？　痛みが最小限になるよう、たっぷり慣らしました、から……」

だからだとしても、何の慰めにもならない。夫でもない、それどころか自分を嫌っている男性に弄ばれて、身体を悦《よろこ》ばせてしまうなんて。

ウェルナーは身体を起こしてエルヴィーラの腰を摑むと、ゆっくりと自身を引き抜いていった。そして抜けきる寸前で止めて、またゆっくりと腰を進めてくる。

エルヴィーラは、息を詰めてじっとしているしかなかった。胎内に穿《うが》たれた大きなモノが恐ろしくて、身体が凍り付いたように動かせない。

「い、いや……」

恐怖に震えていると、ウェルナーは覆い被さってきて耳元に囁いた。

「怖いことなんて何もないですよ。痛みが引いたからには、あとは気持ちよくなるだけです」

低く色っぽい声に、エルヴィーラはぞくんと身を震わせる。声一つに、どうしてこんなに感じてしまうのかわからない。思わず首を竦めてしまったことをどう捉えたのか、ウェルナーはエルヴィーラの腰を摑み直すと、胎内を穿つ速度を次第にはやめていった。

痛みが落ち着いた今、エルヴィーラは自分のナカを熱く脈打つ硬いモノが行き来するのを生々しく感じてしまっていた。それがエルヴィーラの蜜口から奥にかけてを目一杯押し拡げ、内壁を擦って快楽を与えてくるのだということも。

胎内は完全に埋まって隙間などないと思うのに、身体の奥からは粘液が分泌され、抜き差しされる彼のモノに掻き出されるようにして外に出てくるのを感じる。外にまで溢れたものが、ぶつかり合う二人の間で攪拌《かくはん》され、ぐじょぐじょと卑猥な音を立てる。

聞くに耐えない音――そう思うのに、耳からも愛撫されているかのように身体がどんどん熱くなってくる。

「あっ、はぁ、はぁ、……」

息が変に苦しくて、エルヴィーラは喘ぐ。

そんなエルヴィーラを見て、ウェルナーは満足げな笑みを浮かべ、さらにいやらしく腰を動かしてきた。腰を回しながら逞しい雄芯を差し込んできて、胎内の敏感な部分を抉っていった。そのたびにエルヴィーラは身体をびくんと跳ねさせ、唇の隙間から快楽に濡れた声を漏らしてしまう。

「ここかな……」

かすれた独り言が聞こえてきたかと思うと、ウェルナーは自身の先端でエルヴィーラの感じる部分を擦り立ててきた。抉るように強く当てられて、エルヴィーラの震えは止まらなくなる。

「あっ、やっ、ぃや、っめ……っ」

制止の声を上げようとしても、まともな言葉にならない。快楽が次から次へと生まれて、下腹に積み上がっていく。

　エルヴィーラはもう何が何だかわからなくなった。快楽に思考を支配され、他のことが考えられない。激しい律動に身体を揺さぶられるも、無意識に自らを繋ぐ紐を強く摑んで耐えるだけ。

　そんなエルヴィーラを、ウェルナーは思うさまに貪った。

「ああ……貴女のナカは何て気持ちいいんだ……熱くて滑らかで……気を抜くと果ててしまいそうだ……」

　彼が何を言っているのか理解できないまま、エルヴィーラはうわごとのように繰り返す。

「いやぁ……っ、あっ、やめて……ッ、も、やぁ……！」

　言葉とは裏腹に、身体はどんどん快楽を取り込む。それでも足らないとばかりに、彼を受け入れている場所は蠢《うごめ》いて、大きな雄芯を締め上げる。

　でも、先ほどのようなイくという感覚は訪れなかった。あと少し、決定的な何かが足りない。経験がないエルヴィーラには、それが何なのかわからない。苦しいほどに高まった快楽に身悶えるしかない。

「……くっ、もう持ちこたえられそうにありません……出しますよ……」

　何を……？

　疑問に思ったのは一瞬だった。胎内にある彼がぶわっと膨らむのを感じ、この行為が最終的に行き着く先を思い出す。

「駄目！」

エルヴィーラはにわかに暴れた。怖いなんて言っていられない。何としてでも阻止しなければ。大きく広げられた脚をばたつかせ、縛られた両手で紐をたぐりながら身体を左右に捩る。

「お願い、やめて！　それだけは――」

必死に拒むエルヴィーラを嘲笑うように、ウェルナーは自身の先端で、エルヴィーラの最奥をごりっと抉る。

「あぅっ……！」

痛いほどの快感に、エルヴィーラは呻き声を上げた。

ウェルナーはエルヴィーラの肩を摑んで寝台に押さえつけ、がつがつと一層激しくエルヴィーラの胎内を穿つ。

エルヴィーラの胎内は、その激しささえも快感として取り込もうと、貪欲に蠢いた。心は駄目だと拒絶するのに、身体は言うことを聞かない。

「いやっ！　いやぁ――！」

エルヴィーラは暴れながら、自分に言い聞かせるように悲鳴を上げた。

「諦めてください……貴女はもう、俺のものだ――ッ」

かすれた叫び声を上げた次の瞬間、ウェルナーはひときわ強くエルヴィーラの奥を突く。身体の奥底で何かが爆《は》ぜるような衝撃と同時に、熱い飛沫が胎内に叩き付けられるのをエルヴィーラは感じた。

あ——。

胎内にじんわりと広がっていく熱を感じながら、心の中で呆然とつぶやく。もはや抵抗しても無駄だ。絶望したエルヴィーラは、ぐったりと寝台に沈む。

ウェルナーの雄芯は胎内で二度三度と跳ねる。その間に、彼は下へと手を伸ばしてきた。

「初めてなので、ナカでイくのは無理だったみたいですね。大丈夫、手伝って差し上げます」

繋がり合った場所のすぐ近くにある突起を、ウェルナーは転がすように擦る。濡れそぼったそれは強い快感を拾い、最後の一石を投じられたエルヴィーラの身体は宙に放り投げられるような解放の時を迎える。

「ひぁっ！　あぁあぁぁ————！」

瞼の裏を染める白い光。反り返る背中。極限まで力の入ったエルヴィーラの身体はビクビクと震え、胎内に入っている未だ衰えないものを食い締める。

「くぅ……ッ」

ウェルナーは苦悶の声を上げたかと思うと、エルヴィーラのナカに更なる飛沫を迸らせる。その熱さに、エルヴィーラはもう一段上の高みへと押し上げられた。びくんびくんと身体を大きく震わせ、頤《おとがい》を仰け反らせ声なき叫びを上げる。

エルヴィーラの上に崩れ落ちたウェルナーは、荒い呼吸を繰り返しながら、エルヴィーラの耳元に囁いた。

「子どもができるといいですね。俺の子を宿した貴女を見るのが楽しみです」

彼の重くて熱い身体を受け止めながら、エルヴィーラは絶望した。

純潔を奪われたばかりではなく、胎内に子種まで吐き出されてしまうなんて。

絶頂を迎えたことで、緊張の糸が切れてしまったのだろう。エルヴィーラの意識は深い闇へと引きずり込まれていった。


野菜などを煮込んだシチュー、蒸して香草などで味付けした魚、火で炙《あぶ》ってソースをかけた肉。新鮮な果物、クリームのかかった焼き菓子、等々。

テーブルにずらりと並ぶ、美味しそうな料理の数々。それらを目の前にして、エルヴィーラはじっと椅子に座っていた。ここ数日ほとんど食べていないのに、エルヴィーラはあまり空腹を感じていなかった。立て続けに起こったことを考えれば、食欲を失っても可笑しくない。それに、今のエルヴィーラの姿は食事にふさわしいとは言えなかった。着ているのはガウン一枚。その下には何も身につけていない。そんなはしたない恰好で食事をするのも躊躇われるが、エルヴィーラが両手をじっと膝の上で握り合わせているのは別の理由からだった。

「食べてください」

同じくガウンだけ着たウェルナーが、斜め向かいに座ってエルヴィーラに食事を勧める。エルヴィーラに食事をする気がないのを見て取ると、彼はため息をついてさっさと食べはじめた。

この屋敷に来て初めてウェルナーと同じ食卓に着いたが、彼は驚くほどよく食べる。山盛りにされた料理が、見る間に減っていく。

でも、エルヴィーラは膝の上に視線を落とし、食事には一切手をつけなかった。自分を辱めた男と食卓を囲むだけでもどうかしていると思うのに、その男から恵んでもらった食事など食べたいわけがない。

それに、民のことも心配だった。配給を頼りに命を繋いでいた者も多い。クーデターが起きて以降、配給はどうなっているのだろう。協力してくれていた貴族の女性たちが何とかしてくれていたらいいのだけれど。

王女でありながら他人に頼るしかない自分が歯がゆい。

ウェルナーがうんざりした口調で言った。

「いつまで強情を張るつもりですか？　もう五日もろくなものを食べてないじゃないです

か」

クーデターの日からそんなにも経ったのか——と、エルヴィーラはぼんやりと思う。その間ほとんど何も食べていないせいなのだろうか。頭がぼんやりしてよく働かない。ここから何とか逃げ出したかったけれど、ウェルナーが始終側にいて、隙を見て逃げようとしてもすぐ捕まってしまう。

声をかけられても無視していると、ウェルナーは深いため息をついた。

「犠牲になったのは国王や王太子の周囲をうろちょろしておこぼれにあずかっていた者たちだけで、その他の王宮で働く者は無事です。街の者たちも問題ありません。クーデターの翌日には、宰相殿がご自分の蓄えた食料を配りました。街の者たちは、宰相様々と喜んでますよ」

ずっと聞きたかったことだ。なのに嬉しく感じられないのは、ホルエーゼが食料を配ったと聞いたからか。配れるだけの余力があるのなら、何故もっとはやく彼らを助けてくれなかったのか。——父国王を下手に刺激しないためだったのかもしれない。父は我儘なだけではなく、猜疑心も強かった。ホルエーゼが食料を配っていると知ったら、自分に対する非難と受け取り、彼を処刑していたかもしれない。

「それが知りたかったんでしょう？　教えたんですから食べてください」

ウェルナーのぞんざいな声が耳に入って、エルヴィーラは物思いから覚める。けれど、エルヴィーラは動かなかった。ウェルナーが言ったことを嘘だと思うわけではないが、心配がなくなったからといってウェルナーの施しを受けたくはなかった。

ウェルナーは食事を終えて立ち上がった。

「わかりました。そんなに俺に抱かれたいんですね」

エルヴィーラはぎょっとする。

「ち、違います！」

否定したけれど、ウェルナーはエルヴィーラの二の腕を摑んで立ち上がらせ、寝室に引きずっていく。

突き飛ばされて、エルヴィーラは寝台の上に倒れ込んだ。急いで起き上がって脚を身体のほうへ引き寄せ、めくれ上がったガウンの裾を慌ててかき合わせる。

そんなエルヴィーラに、ウェルナーは嘲るような笑みを向けた。

「淑女の慎みは健在ですね。だが」

ウェルナーはエルヴィーラに覆い被さり、顔にかかるハニーブロンドの巻き毛をかき上げて顔を覗き込んでくる。

「俺から隠して何になりますか？　俺は貴女のすべてを見たというのに」

妖しげに光る琥珀色の目で見つめられ、エルヴィーラはぞくんと身を震わせた。追い詰められた獲物のように射竦められて、ウェルナーにされるがままになる。

首筋にかかる大きくて硬い手のひら。それが、ゆっくりとエルヴィーラの身体を伝い下りていく。

「白磁のような胸元も、まろやかな乳房も、その先端にほころぶ桃色の乳首も」

羞恥に頬を染めながら、エルヴィーラは声を震わせた。

「いや……言わないで……」

エルヴィーラの懇願など聞こえていないかのように、ウェルナーは手のひらを下へ下へと滑らせる。

「内臓など入ってないのではと思わせる、くぼんで細い腹部。それでいて尻は円《まる》く張りがあってたまらなくそそられる……」

ウェルナーの手のひらは、横座りをするエルヴィーラの腰から尻へと移動する。

エルヴィーラはびくんと震えるも、それ以上身動きできなかった。逃げる素振りを見せようものなら、ウェルナーに激しく抱かれてしまうから――だと思いたい。

だが、実際は違うのだろう。

この五日の間に、ウェルナーはエルヴィーラにあらゆる快楽を教え込み、淫らな身体に作り替えてしまった。エルヴィーラは今もガウン越しの愛撫では物足りず、直接触れられたくて――。

不意に浮かんだ欲求にぞっとし、その邪《よこしま》な思いを振り払うべく、エルヴィーラは叫んだ。

「やめて……！」

金縛りが解けたかのように、エルヴィーラは力を込めてウェルナーを腕で押す。が、ガウン越しでもわかる逞しい身体は、エルヴィーラが力一杯押したところでびくともしない。

ウェルナーの手が、せっかくかき合わせたガウンの裾を開く。合わせ目から腿裏へと手を潜り込ませてきたかと思うと、お尻の側から秘めやかな部分に触れてきた。脚を曲げ、太腿をぴったり合わせていたが、背後から忍び込む手に対しては無防備だったらしい。阻もうとするエルヴィーラの手をものともせず、柔らかな腿の裏側をかき分けて、ウェルナーの指はたやすく蜜口にたどり着く。

「こんなに濡らしてるのに？　ナカに残っていたものが流れ出ただけではないでしょう？」

そう言って、わざとらしく音を立ててかき混ぜる。くちゅくちゅという卑猥な音がして、エルヴィーラは頬を熱くした。

「そ、それは――」

口を開いたものの、何の言い訳も出てこない。倒れ込んだエルヴィーラにウェルナーが覆い被さってきたときや、ウェルナーがエルヴィーラの身体に手のひらを這わせていたときなどに、身体の奥底から新たな蜜が溢れるのを感じ取っていたからだ。

嘘などつけずに、口ごもって目を逸らすと、ウェルナーは「くっ」と喉で笑った。

「もっと気持ちよくなっていいんですよ。貴女はもう俺のものだ。俺は貴女が快楽に溺れる姿が見たいんです」

欲望に濡れた低い声で言われ、エルヴィーラは身体の奥底から更なる蜜が流れ出るのを感じる。そのことにうろたえながらシーツを掻いて後退った。

「わ……わたくしはあなたのものと決まったわけでは……」

ウェルナーは呆れたようなため息をついた。

「まだ言い張るのですか？　貴女は本当に強情ですね」

「何度も言っているでしょう？　責任ある立場の者として、あなた一人の言い分を信じるわけには——きゃ……！」

足首を勢いよく引っ張られ、エルヴィーラの身体は滑らかなシーツの上を滑る。体勢を崩して横向きに倒れた身体は、ウェルナーの下にすっぽりと入り込んだ。

ウェルナーが、エルヴィーラの耳元に唇を寄せ、頭の芯に響く低くて艶のある声で囁いた。

「貴女のその強情さ、キライじゃないですよ。心もすべて、必ず俺のものにしようという闘志が湧きます」

エルヴィーラはその声に快感を覚えてふるりと身を震わせる。ウェルナーは、そんなエルヴィーラの耳朶を唇に捉えて舐めしゃぶった。敏感な耳朶が熱く湿った口腔に包まれ舌先で弄ばれると、首を竦めたくなるような快楽が身に刺さる。

「ふっ……っ、ん……く」

喘ぎ声を上げたくなくて固く口を閉ざすけれど、ほんのわずかな隙間から声が漏れ出てしまう。

ウェルナーはエルヴィーラを苛む甘ったるい声で囁いた。

「声を我慢することないのに。貴女の感じている声、俺は好きですよ。まるで媚薬のように酔わせてくれる」

頭の芯を蕩けさせるような声を紡いだその唇を、ウェルナーはエルヴィーラの首筋へと這わせていく。食むような動きをしながら下りてくるしっとりとした柔らかいものに素肌をなぞられて、エルヴィーラはぞくっと走り抜ける感覚に息を詰めた。

「ああ……貴女の肌からはいい匂いがする」

匂いを嗅がれていると思うと恥ずかしい。

「いや……離れて……」

エルヴィーラはウェルナーの肩に手を置いて押し退けようとする。だが、ウェルナーの手が脚を割って秘めやかな部分を弄びはじめると、押していたはずの手は、いつしか彼のガウンを握りしめていた。

「あっ、や、やめてっ、もういや……っ」

ウェルナーは五日経っていると言った。その五日の間に散々抱いたというのに、まだ足りないというのだろうか。まともな食事を摂《と》っていないせいもあるが、尽きることのない彼の欲望にエルヴィーラは疲弊していた。身を捩って逃れようとするも、腰が浮くほど高く脚を抱え上げられてしまう。上を向いた蜜口に猛々しく反り返った雄芯の先端を合わせると、ウェルナーは体重をかけてエルヴィーラのナカに押し入ってきた。

腰を持ち上げられているせいで、仰向けになっているエルヴィーラの目にもその光景が飛び込んできた。

ぱっくりと割れた金色の茂みの奥に、太くて赤黒い肉棒がゆっくりと沈んでいく。肉棒の根元を覆う暗褐色の茂みが、エルヴィーラの脚の付け根に次第に近付いてくる。

「あ……あ……」

エルヴィーラは絶望とも喘ぎとも取れないつぶやきを漏らした。

五日前は酷い痛みを伴ってエルヴィーラの胎内をこじ開けたそれが、今ではたやすく入り込んでくる。圧迫感はあるけれど、もう痛みは感じない。その代わりに感じるのは――。

雄芯の先端の膨らんだ部分が、エルヴィーラの感じる部分を擦っていく。

「ん――く……っ」

エルヴィーラが歯を食いしばって声をこらえると、ウェルナーが喉で笑った。

「意地でも声を上げたくないのですか。その抵抗、いつまで続くでしょうね？」

馬鹿にされたような気がして、エルヴィーラはかっとなる。脚をばたつかせて暴れようとすると、胎内に力が入って、根元まですっかり埋まったウェルナーのモノを締め上げてしまった。敏感な粘膜で彼のモノの形や硬さを感じて、エルヴィーラは羞恥に頬を染める。

ウェルナーはおかしそうに小さく笑うと、エルヴィーラの左脚を彼女の頭の横に付け、真上から体重をかけて穿ちはじめる。

腰を更に上げた恰好になり、体勢が苦しくなる。

「あっ、う……くっ」

エルヴィーラは苦悶の声を上げた。

だが苦しいばかりではない。硬い雄芯を力強く打ち下ろされ、これまでになく重い刺激が身体に響く。一突きごとに強い快感が生まれ、背筋を伝って全身に甘い痺れをもたらす。

こんな恥ずかしい恰好をさせられたのに、それでも感じてしまうなんて。エルヴィーラは目を固く閉じた。そうしてこの現実を拒んでいると、腰を少し下ろされて安定した姿勢になった。

「目を開けて」

言いなりにばかりなるものかと目を閉じたままでいると、再び声をかけられる。

「見るんだ。──エルヴィーラ」

いきなり名を呼ばれ、エルヴィーラははっと目を開ける。ウェルナーはいやらしく腰を回しながら意地悪な笑みをエルヴィーラに向けた。

「名前を呼ばれたとたん、目を開けるんですね。俺のような者に名を呼ばれて、腹が立ちましたか？」

嫌味交じりに言われて、エルヴィーラはうろたえた。

「違うわ——あっ、んっ……」

硬い雄芯の先端で身体の奥深くの感じる場所をぐりっと抉られ、エルヴィーラは我慢しきれず喘いでしまう。

「違うと言うのなら、何だと言うんです？」

詰問してくるくせに、ウェルナーは同じ場所にばかりぐりぐりと先端を擦りつけてくる。立て続けに快感に襲われて、エルヴィーラは答えるどころではなくなった。

「やっ……あ、ん……っ、あ、あっ……」

一度零れてしまった喘ぎは、止めようもなく次々と溢れてくる。

快感に目が眩みそうになりながらも、エルヴィーラはウェルナーに見せつけられた場所から目を離すことができなかった。金と暗褐色の茂みが擦れ合い、時折離れてはその奥の光景を垣間見せる。目一杯拡げさせられた蜜口と、そこを出入りする雄芯。胎内を逞しいそれでかき混ぜられると、敏感な部分から強烈な快楽が迸り、新たな蜜が生み出されてぐちゃぐちゃと水音が立つ。二人の茂みはエルヴィーラのナカから溢れたもので濡れぼそり、窓から入り込んでくる光を反射して、てらてらと光る。

　卑猥な光景を目にしているうちに、身体がどんどん熱くなってくる。感じたくないと心のほうは思うのに、身体は快楽を求めて勝手にウェルナーの動きに合わせてしまう。

　葛藤するエルヴィーラを見つめながら、ウェルナーはにやりと笑った。そしてエルヴィーラの腰を下ろすと脚を抱え直し、勢いよく胎内を穿ってくる。

「あぁ！　あ！　んっ、あんっ、やっ、あぁ……！」

　激しく揺さぶられ、エルヴィーラはシーツをきつく握りしめる。身体の奥底で膨れ上がる絶頂感に抗うように、首を強く左右に振る。

　この五日の間に数え切れないほど抱かれたのに、エルヴィーラの身体もまた、ウェルナーと同じく欲望が尽きることはなかった。むしろ抱かれるほど身体はより高い絶頂を求め、貪欲に快楽を取り込もうとする。

　絶頂の予感に身体をしならせると、胎内に力が入り彼のモノをきつく締め上げる。それを感じたのだろう。ウェルナーは一層はやく、激しく突き進んでくる。

　快楽に冒されて達することしか考えられなくなったエルヴィーラの耳に、彼の苦しげな声が聞こえた。

「……っ！　出すよ、エルヴィーラ……ッ！」

　ウェルナーはまたエルヴィーラの名前を呼ぶ。母アンニェーゼが亡くなってから誰一人として呼ばなくなった名を。

名前を呼ばれたとたん、身体が高く舞い上がるような感覚に襲われる。その瞬間、ウェルナーはひときわ強く最奥を突き、熱い飛沫を迸らせた。エルヴィーラの奥底で快楽がぱちんと爆ぜる。激しい絶頂にわずかな体力も根こそぎ奪われる。

絶頂の波が過ぎたあとも、エルヴィーラは余韻のせいでしばらく放心していた。

ウェルナーはエルヴィーラのナカから早々に自身を抜き去ると、裸のまま隣室に向かい、片手にスープの皿を持って戻ってくる。指一本動かせないでいるエルヴィーラを片手で器用に抱き起こすと、スープを皿から直接自らの口に含んだ。そしてエルヴィーラの薄く開いた唇に口づけをし、そのスープを流し込む。

抵抗できないエルヴィーラは、口に流し込まれたスープを嚥下《えんげ》するしかない。少しお腹にものが入ると、身体はにわかに空腹を訴えはじめた。気付けば、エルヴィーラはスープを一皿飲まされていた。

口の端から流れたスープを拭われる。

「汚れたな。風呂に入ろう」

エルヴィーラはぞっとしてウェルナーの腕から逃れようとした。

「わ、わたくし一人で――」

「駄目だ」

まだ力の入らないエルヴィーラの身体を、ウェルナーはあっさりと片腕に抱き、居室とは反対側の扉に向かう。

扉の向こうが浴室になっていることを、エルヴィーラはとっくに知っていた。そこで何度も洗われたからだ。

寝台で愛撫されるより、風呂で洗われるほうが背徳的で恥ずべき行為のようにエルヴィーラは感じていた。エルヴィーラが羞恥と屈辱に顔を歪めるのをわかっていながら、ウェルナーは彼女を風呂へ連れていくのだ。

身を捩ってウェルナーの腕から下りようとすると、彼はもう一方の腕でエルヴィーラを抱き締め囁いた。

「暴れないでください。また落ちますよ」

エルヴィーラは思わずウェルナーにしがみついてしまう。

数日前、ウェルナーの腕から落ちて床に叩き付けられたことは、忘れようにも忘れられない。それを思い出したエルヴィーラが慌ててしがみついたのがおかしかったのだろう。耳元で密やかな笑い声が聞こえる。笑われたことに屈辱を覚えるが、逃げられないとわかっていながら再びあの痛みを味わう勇気は、エルヴィーラにはなかった。

ウェルナーは片手で扉を開けて中に入る。エルヴィーラの目にまず飛び込んできたのは、極彩色に彩られたタイルだった。赤黄青のほか、色鮮やかな小さなタイルが、広い部屋一面に貼られて、複雑な模様を描き出している。浴槽は白い陶器製で、床に半ばほどまで埋め込まれており、二人入っても十分な広さがあった。浴槽の脇には蛇口が設置されていて、お湯と水を自在に入れられ、温度調節を容易にしている。贅をこらした造りに、エルヴィーラは反感を覚えずにいられない。

「……悪趣味だわ」

ぼそっとつぶやくと、ウェルナーが返答を寄越してきた。

「文句はこれを造らせた奴に言ってください。俺はこの屋敷を買っただけだ」

ウェルナーが意外と派手派手しいものを好むと思い込んでいたエルヴィーラは、目をしばたたかせた。

「あなたの趣味じゃなかったの」

ウェルナーは珍しく戸惑ったように目を逸らした。

「趣味とか、そういったものはよくわかりません。この屋敷は王都にあって、すぐに使える空き家だったから購入しただけです。――だが、寝室の隣に浴室があるというこの造りは気に入ってる」

ウェルナーはエルヴィーラを腕から下ろして立たせる。わずかに体力の回復していたエルヴィーラは、すかさず逃げようとした。が、いとも簡単に捕まえられ、ガウンを剝ぎ取られてしまう。エルヴィーラのお腹に腕を回して拘束し、ウェルナーは自分のガウンも手早く脱いだ。

「やめて！　離して……！」

もがくエルヴィーラを再び抱え上げると、ウェルナーは浴槽の縁を跨いで中に入った。中にはすでにお湯が張られている。食事をしている最中に張られたのだろう。浴室にはもう一つ扉があって、居室や寝室を通らずに入ることができる。エルヴィーラはちらっと見ただけだが、ふくよかな女性がいろいろと世話をしてくれているようだった。食事を運んできたり、浴室にお湯を張ったり、寝台のシーツを交換したり。

情事のあとが明らかに残るシーツを見られているかと思うと、恥ずかしくて居たたまれない。未婚でありながら純潔を散らし、その後も弄ばれ続けるエルヴィーラを、この屋敷の者たちはどう思っているのか。

エルヴィーラを抱えたまま、ウェルナーは浴槽内の座面に腰を下ろす。腰まで湯につかると、エルヴィーラのハニーブロンドの毛先が湯に浮いて広がった。

「少しぬるいな」

ウェルナーはそうひとりごちると、蛇口の一つに手を伸ばす。蛇口が開かれると、湯が勢いよく流れ出し白い湯気を立てる。少しすると、ぬるかった湯が次第に温かくなった。

湯煙で視界はぼやけていたけれど、エルヴィーラは両腕で胸を隠し、ウェルナーの膝の上で縮こまった。浴室は天窓から光がいっぱいに差し込んでいて明るい。まるで外にでもいるような日差しの中で裸を見られるのは、たまらなく恥ずかしい。

ウェルナーは浴槽の縁にかけてあった布を手に取って、エルヴィーラの肌を擦りはじめた。湯に浸された布が、滴《しずく》を垂らしながら肌の上を滑っていく。耳、首、肩へと。鎖骨から胸元へと布を滑らせると、ウェルナーは手を止めて小さく笑った。

「隠したところで今さらだと、何度も言っているのに」

ウェルナーは胸の膨らみを隠す腕を強引に退けることはせず、その腕や腹部、脇などを擦っていく。

「貴女の肌は、日に日に光り輝いていきますね。知っていますか？　女性は男に抱かれると、肌艶が良くなっていくものらしいですよ」

楽しげに言われ、エルヴィーラは居心地が悪くなって、彼の腕の中でもぞもぞと動く。

ウェルナーに抱かれるようになってからの変化は、エルヴィーラ自身が一番よく知っている。肌に艶が出てきたのはもちろんのこと、身体全体が敏感になってきていた。他人《ウェルナー》にちょっと触られただけで、体奥からじわりと蜜が染み出してくる。

たった五日の間に、ウェルナーの手によって、エルヴィーラの身体は淫らに作り替えられてしまった。そんな自分が王女だなんて、聞いて呆れる。――いや、元王女と言うべきか。自分の身を守り切ることができず、身体を開いた男性にいいようにされて、今では彼に与えられる快楽に溺れかけている。

王女としての誇りはどこにやってしまったの？　ビアンカや、自分を慕ってくれた者たちのことは忘れたの？　こんな身体になってしまって、彼らにはもう顔向けできない。

エルヴィーラが煩悶している間に、ウェルナーの手は彼女の背中や足を洗っていく。

腿裏から忍び込んだ指が蜜口に差し込まれそうになったとき、エルヴィーラははっと我に返ってウェルナーの手を押し退けようとした。

「やっ！　いや……っ！」

これ以上されたくない。エルヴィーラはウェルナーの膝からも逃れようともがく。ウェルナーはエルヴィーラを抱き締めてそれを阻んだ。

「ナカのものを掻き出すだけです。あとから出てくると不快でしょう？」

誤解したのだと気付いたエルヴィーラは、居たたまれないほどに恥ずかしい思いをしながら、しどろもどろに言った。

「じ、自分でするから、だから浴室から出ていって……」

「駄目です。そんなに小さな手じゃ、奥まで届かない」

ウェルナーはそう言って強引に胎内へ二本の指を差し込む。襞《ひだ》を押し拡げ奥から掻き出す指の動きからも、エルヴィーラは快楽を拾ってしまった。

「ふ……っ、ん……くっ」

顔を伏せ、漏れ出る喘ぎを噛み殺す。するとからかうような声が聞こえてきた。

ができない。

「ち、違……」

弱々しい声で否定しかけるも、それが嘘だとわかっているから最後まで口にすることが
そんなエルヴィーラに意地悪でもするかのように、ウェルナーの指がより淫らに動き出した。胎内に指を深く沈めてばらばらと動かしたり、感じる部分を狙って指を擦りつけてきたり。身体の奥底から新たな蜜が湧き出てくるのを感じて、エルヴィーラは身悶えた。

「やめて……！　やぁっ」

エルヴィーラはますます感じてしまって、艶めいた声を零してしまう。

残滓《ざんし》を掻き出す目的だったはずなのに、ウェルナーは本格的に愛撫を始めていた。つんと尖ってきたエルヴィーラの胸の頂を口に咥え、舌先で舐め転がしたり、軽く歯を立てたりする。秘部と胸、同時に二ケ所を愛撫され、エルヴィーラはたまらずびくびくと震えた。

「イったのですか？」

訊ねられるけれど、答えられるわけがない。拒んでいたはずなのに、こんなにあっけなく達してしまうなんて。

頬を熱くして俯いていると、ウェルナーはエルヴィーラを膝から下ろし、浴槽の縁を摑ませて座面に膝で立たせた。お尻がお湯の上に出た恰好が恥ずかしくて、エルヴィーラは

腰を下げようとする。が、ウェルナーはそれを許さず、エルヴィーラの尻を持ち上げると、脚を少し広げさせて後ろから繋がってきた。

「嫌！　やぁっ、駄目！」

こんなの恥ずかしすぎる。明るい日差しの差し込む浴室で、お湯に浸かりながら交わるなんて。

「お願い……っ、やめて――」

涙交じりの懇願をするけれど、ウェルナーは律動をやめようとしない。

「ナカのものを掻き出すなら、これが手っ取り早い。それに――」

ウェルナーはエルヴィーラの顎に手を回し、顔を上向かせて囁く。

「たまには刺激があっていいでしょう？　ほら、ナカが締まった」

「違――違うのっ、だからもうやめ――あぁっ！」

ひときわ強く最奥を突かれ、エルヴィーラはたまらず声を上げる。

たぷたぷと揺れる湯の音に、ぐじゅぐじゅという卑猥な音がかぶさる。溢れ出した大量の粘液は、内股を伝って湯の中に流れていく。両胸を揉みしだかれ、ハニーブロンドの巻き毛をかき分け項《うなじ》に舌を這わせられて、快感が高まるのを止められない。

「あぁっ！　いやっ、あっ、あ……っ！」

絶頂の予感を覚え背中がしなる。お尻をより高く掲げる恰好になったけれど、快楽に翻弄されているエルヴィーラはそれに気付かない。

エルヴィーラの媚態を見て、ウェルナーは射精感に耐え眉をひそめた顔に、満足げな笑みを浮かべた。そして指が食い込むほどエルヴィーラの腰を強く摑み、一層激しく胎内を穿つ。

「んぁ！　あっ！　やっ、あ、あっ」

エルヴィーラの唇から、切羽詰まった喘ぎが迸る。絶頂は間際と見て、ウェルナーはひときわ強く腰を突き上げると、エルヴィーラの身体の奥深くに熱い飛沫を叩き付けた。

「あぁ――――！」

エルヴィーラは長く甲高い声を上げて達する。

絶頂の波が過ぎ、エルヴィーラが浴槽の縁にぐったりと崩れ落ちると、ウェルナーがその上に覆い被さってきた。

「掻き出して差し上げるつもりが、貴女があまりに好いので、またナカに出してしまいました」

悪びれないその口調からして、掻き出すことが目的だったとは思えない。こんな状況で子ができれば、エルヴィーラも子自身も窮地に立たされることになるというのに。

ウェルナーにとって、エルヴィーラやまだ見ぬ我が子は取るに足らない存在なのだろうか。

子種が胎内に広がり染み渡るのを感じながら、エルヴィーラははらはらと涙を零した。

それからさらに二日が過ぎた。その間も、ウェルナーは昼も夜もなくエルヴィーラを貪り続けた。

寝台にぐったりと横たわるエルヴィーラの両足を肩に担ぎ、ウェルナーは熱く脈打つ雄芯でどろどろに蕩けたエルヴィーラの蜜壺を穿つ。彼のモノがエルヴィーラのナカから溢れたものと自身が最奥に放ったものとをかき混ぜ、ぐちゅぐちゅと卑猥な音を立てる。二人の粘液は蜜壺から零れ、エルヴィーラの脚の間を伝って落ち、シーツを濡らす。エルヴィーラは息も絶え絶えに喘ぎ、その合間にか細く訴えた。

「もう嫌……もう無理……」

エルヴィーラの体力はとっくに限界だった。スープや、水分代わりに飲まされる果実水では、体力の衰えを食い止められない。それでも食事を拒み続けているうちに、ウェルナーは食べろと言わなくなった。

ウェルナーはエルヴィーラの懇願を無視して蜜壺に自身を根元まで埋め、腰をぐるりと回す。彼のモノが内壁を拭うように回り、突かれるのとはまた別の刺激をもたらしてエルヴィーラの官能を高める。

「あ……ふ……」

疲れ果てているエルヴィーラの口から、力のない喘ぎ声が漏れる。その反応が気に入ったのか、ウェルナーは二度三度と腰を回す。

「ああ……んん……っ」

身体はますます熱くなり、声も大きくなってきたそのときだった。

ノックする音が聞こえて、エルヴィーラはぎくっとして息を詰めた。

居室への扉の向こうから、男性の声が聞こえてくる。

「ウェルナー様、宰相殿の使者がまた来ています」

エルヴィーラは羞恥に顔を染め、力を振り絞ってウェルナーから離れようとした。だがウェルナーはエルヴィーラの腰を抱え直し、緩やかに蜜壷を衝《つ》きながら返事をした。

「取り込み中だ。おまえが対応しろ」

信じられない。扉一枚隔てた向こうに人がいるというのに、まだ続けようとするなんて。ウェルナーから離れられなかったエルヴィーラは、頭の近くにいくつか転がる大きな枕のうちの一つを摑み、自分の顔と上半身を隠した。こんな姿、他人に見られたくない。

歯を噛みしめて声を漏らすまいとしているのに、ウェルナーは平然と会話を続けた。

「おまえが休暇を取れ取れと煩かったんじゃないか。邪魔をするな」

「ですが、使者はどうしても帰らないのです。エルヴィーラ様を連れて王宮へお越しくださる約束を取り付けなければ帰れないと言って」

ウェルナーが舌打ちをするのを、エルヴィーラは枕越しに聞いた。

「明日連れていくと伝えろ。それと馬車と警護の者の準備を」

「……は」

扉越しに、足音が遠ざかる音が聞こえる。

息を詰めて耳を澄ましていると、いきなり枕を奪われた。

「や……！」

身体を隠すものを奪われて、エルヴィーラはうろたえて両腕で胸を隠す。羞恥のあまり、憤死してしまいそうだった。扉越しとはいえ、エルヴィーラを辱めながら他人と会話するなんて。目尻に涙を溜めながら睨み付けると、ウェルナーは一瞬ぽかんとし、それから意地悪げな笑みを浮かべた。

「恥ずかしがっているのですか？　王宮では侍女たちの前で裸になることもあったでしょうに」

「それとこれとは別です！」

エルヴィーラはすかさず言い返す。

最近は一人で何でもやっていたが、母がまだ生きていたころは、ウェルナーの言うように侍女たちの前で裸になることはあった。だがそれは着替えや入浴の際だ。夫でもない男に弄ばれ、淫らに喘がされているのとはぜんぜん違う。

エルヴィーラは泣きそうになって、片腕を上げて目元を覆いそっぽを向いた。

「もう嫌！　離して……！」

ウェルナーは穿った雄芯はそのままに、顔を覆うエルヴィーラの腕を掴んで引きはがし、もう一方の手で顎を掴んで自分のほうに向けた。

「いいですね、その表情。王女の仮面が剝がれて、すっかり女の顔だ」

満足げな笑みを浮かべるウェルナーに、エルヴィーラは噛みつくように言った。

「わたくしをそんなふうにしたのは誰!?」

酷い侮辱だ。嫌がるエルヴィーラを弄んで王女としての誇りをずたずたにしたのはウェルナーなのに。

胸を隠していたほうの腕でウェルナーの手を押しのけると、エルヴィーラは再びそっぽを向き、その腕で顔を隠した。ウェルナーに泣き顔を見られたくなんかない。

ウェルナーはその腕も掴んで引きはがす。

「泣くことはないでしょう。俺はその顔が好きだと言っているのに」

驚いたのは一瞬で、エルヴィーラはすぐまた泣きたくなった。

クーデターが起こる前だったら、彼に好きと言われるのは、舞い上がってしまいそうなくらい嬉しかっただろう。でも今は、悲しくて悔しくて仕方ない。

誘拐まがいに王宮から連れ出し、嫌がるエルヴィーラから無理やり純潔を奪い、部下と扉越しに話しながら辱め続けた。

好きな相手に対する所業とはとても思えない。

頑なエルヴィーラに飽きたのか、ウェルナーは再び律動を始めた。エルヴィーラの感じる部分を攻め立てる。すっかり冷えたエルヴィーラの身体は、否応なしに高まっていく。心は冷え冷えとしているのに、ウェルナーに刺激されるだけで、エルヴィーラの身体はいとも簡単に燃え上がるのだ。

エルヴィーラは歯を食いしばって声を上げるのを耐えた。それでも、わずかな声は唇の隙間から漏れ出てしまう。

「ん……く……っ」

最奥の感じる部分を立て続けに突かれ、エルヴィーラはそのたびに身体を仰け反らせた。身体が浮き上がるような悦楽が、エルヴィーラから思考を奪っていく。

ウェルナーの穿つ動きが強くはやくなってくると、声を上げまいという決意は脆《もろ》くも崩れ去った。

「……あっ、や、あ——ああ……っ！」

エルヴィーラのあられもない声に、結合部から響く卑猥な音と、寝台がぎしぎし揺れる音が重なる。

もう耐えられないと思ったそのとき、最奥に熱い飛沫を感じた。感じる部分に灼《や》けつくような刺激を感じたかと思うと、エルヴィーラは天高く舞い上がる。

「あぁ――――！」

エルヴィーラは甲高い声を上げて、仰け反った身体をびくびくと震わせる。

ウェルナーは欲を出し切ると、エルヴィーラの上に覆い被さってきた。そうして抱きしめるように両腕で囲い、耳元で荒い呼吸を繰り返す。

エルヴィーラもほどなく絶頂から醒め、ぐったりと寝台に沈み込んだ。四肢を投げ出し空気を貪っているうちに正気に返り、心が絶望に覆われていく。

先に呼吸を落ち着かせたウェルナーが、エルヴィーラのこめかみに口づけた。

「正直、貴女を引きずり下ろして一旦穢したら、興味が失せるかもしれないと思っていました。ですが、貴女への欲望は、尽きるどころかますます大きくなっていくばかりだ」

その言葉を証明するかのように、ウェルナーの剛直は未だ硬いままだ。

快楽の余韻にひくつくエルヴィーラのナカを、ウェルナーはゆるゆると動き出した。

「さあ、もう少しお付き合いください。そのあとで食事にしましょう。ちゃんと食べて力をつけないと、俺に支えられなければ歩けないような無様な姿をさらす羽目になりますよ」

ウェルナーはエルヴィーラの胸を寄せ上げると、その頂を口に含む。硬く膨らんだ蕾を舐めしゃぶったり、軽く歯を立てられたりすると、落ち着きを取り戻したはずの身体は再び熱くなってゆく。

未だ繋がっている場所に、ウェルナーはもう一方の手を這わせる。繋ぎ目にすうっと指を這わせられると、反射的に彼のモノを締め付けてしまった。

そんな自分の反応に羞恥を覚えたエルヴィーラに、ウェルナーのからかう声が追い打ちをかける。

「散々したのに、貴女もまだ物足りないようだ」

悔しいけど、ウェルナーの言う通りだ。触れられてしまえば、身体はもっと強い刺激を求めて疼き出す。

そんな自分が嫌でたまらなくて、エルヴィーラは一筋の涙をこめかみに伝わせた。

第三章　壊れた王女

翌日、質素な馬車に乗って、ひっそりと屋敷から出発した。

正面の席には、近衛隊の制服を着たウェルナー、馬車の小さな窓はカーテンがきっちり閉められている。

エルヴィーラがウェルナーに言われるままに食事をしておとなしく馬車に乗っているのは、王宮に戻れるからだけでなく、その道中で街の様子を見ることもできると考えたからだった。クーデター後の街はどうなっているかも、気になるところだった。

なのに、カーテンを閉め切られてしまっていては何も見えない。エルヴィーラは窓際ににじり寄ってカーテンを開けようとしたが、ウェルナーに捕まって膝の上に乗せられてしまった。

「離して！」

「離してもいいですが、カーテンを開けて外を見ようとしたら、また膝の上に乗せて今度はいたずらをしますよ」

「い、いたずらって……？」

ウェルナーは妖艶な笑みを浮かべて、抗《あらが》う隙も与えずエルヴィーラに口づけた。

「んぅ……っ」

エルヴィーラは喉からくぐもった呻きを漏らす。キスから逃れようとするけれど、しっかり抱え込まれがっちり後頭部を摑まれてしまってままならない。そのうち、キスの甘さに思考が蕩けはじめた。

無体な真似を繰り返すくせに、ウェルナーのキスだけは優しい。宥めるように唇を舐め、力が入らなくなった唇の隙間からするりと舌を差し入れてエルヴィーラの口腔をゆっくり味わい尽くしていく。乱暴にされれば抵抗のしようもあるけれど、優しいキスはどうすることもできない。頭の芯が甘く痺れ、何も考えられなくなってしまう。

キスから解放されたとき、エルヴィーラは何故キスをされたのかを忘れ、ぼうっとウェルナーを見つめた。

ウェルナーはにやりと笑う。

「いたずらっていうのはこれ以上のこと――そう言えばわかるでしょう？　今すぐドレスを剝いて貴女を味わいたいところですが、いかにも情事の直後といった様子で人前に出るのはお嫌でしょう？」

エルヴィーラははっと我に返り、慌ててウェルナーの膝から下りた。今度はウェルナーも拘束したりはしなかった。ウェルナーの腕の中から難なく逃げ出したエルヴィーラは、正面の席に座り直す。

顔が熱い。こんなにたやすくウェルナーに乱されてしまうなんて。身体が疼く。キスの先を求めて。そんな自分が恥ずかしい。ウェルナーは敵なのに。ただ弄ばれているだけなのに。淫らに作り替えられた身体は、ウェルナーを求めてやまない。今も、味わいたいと言われただけで、身体の奥底から淫らな滴が溢れるのを感じてしまったほどだ。

こんなことではいけない。今日は自分の目で真実を確かめたくて、ウェルナーに従っているだけなのだから。

エルヴィーラが本当に知っていることは、極めて少ない。宰相のホルエーゼがクーデターを起こしたことと、王宮内で戦闘があったということだけだ。ビアンカや城の皆の安否もわからなければ、父と弟が本当に殺されたのかどうかも知らない。

ウェルナーから聞かされたことだけを信じるわけにはいかない。ホルエーゼが見返りとしてウェルナーにエルヴィーラを与えたという証拠もない。ウェルナーが本当に自分を王宮に連れていこうとしているのなら、ウェルナーが嘘をついている可能性は低いとわかっている。けれど、自分自身で確かめなければ納得などできないのだ。

気を引き締め姿勢を正すと、エルヴィーラはウェルナーに訊ねた。

「どうして外を見てはならないの？」

「……危険だから」

それで説明は済んだとばかりに、ウェルナーは口を閉ざしてそっぽを向いてしまう。

街の様子を確かめたかったけれど、淫らに弄ばれた直後の姿など誰にも見られたくない。

王女が、国のための結婚をする義務のある者が純潔を散らしたばかりではなく、快楽に溺れる淫らな身体になったことなど、民に知られるわけにはいかなかった。


馬車がどこかに停まる。外から男性の声が告げる。

「王宮に到着しました」

馬車の扉が開かれるまでのわずかな時間に、ウェルナーはエルヴィーラに言った。

「念のため言っておきますが、話せと言われたこと以外はしゃべらないのが賢明ですよ」

エルヴィーラも馬鹿ではない。クーデターが成功して父と弟が本当に亡くなっていたら、エルヴィーラも二人同様に処刑されてもおかしくないということはわかっている。そんなエルヴィーラに、発言権があるわけがないことも。

扉が開くと、ウェルナーが最初に馬車から降りた。

あとに続こうとしたエルヴィーラに、ウェルナーの腹心の部下の姿が見える。

レイ・ペサレージ。下級貴族の出身で、近衛隊隊長となったウェルナーの補佐官を務める。ウェルナーが連戦連勝の偉業を成し遂げたのは、彼の戦略によるところも大きいと聞いている。年齢は三十歳くらいだったろうか。灰色で真っ直ぐな髪に、黒っぽい瞳。軍人ではあるけれど、主に後方支援を行う立場であるせいか、細身でひ弱な印象を受ける。

彼は馬車から降りようとするエルヴィーラに侮蔑の視線を送ってきた。あのとき扉の向こうにいたのは彼だろう。彼だけじゃない。あの屋敷にいた者たちはみんな知っているはずだ。エルヴィーラがウェルナーに穢されたことを。

レイの視線に耐えきれず、エルヴィーラは顔を背ける。

「エルヴィーラ」

ウェルナーに名前を呼ばれて、心臓がどきんと跳ねる。馬車の外に視線を戻すと、ウェルナーがエルヴィーラに手を差し伸べていた。

ウェルナーが手を貸してくれることは初めてだ。近衛隊隊長とはいえウェルナーとエルヴィーラとの関わりはほとんどなく、こうした機会に恵まれることはなかった。初恋の残骸にほんの少し心を痛めるものの、エルヴィーラはウェルナーの手を無視してドレスの裾を持ち、一人で慎重に馬車を降りた。自分を辱めた男の手を借りるなんて、矜恃が許さなかったからだ。

その直後エルヴィーラが目にしたのは、見知った場所だった。王宮の通用門。ここで街の人々に食事を渡していたことが、今は遠い昔のように思える。クーデターが起きたほんの数日前まで、毎日何度も訪れていたのに。

父と弟の愚行の証だった食べ残しも、街の人々にとっては命綱だった。あの食料を得られなくなった人たちは、今無事でいるだろうか。

剝き出しの地面の上を歩いて本宮殿の裏口に向かう。入口手前に佇む人に気付いて、エルヴィーラはぎくりとした。

「ようやくお戻りですか、王女殿下」

宰相は非難を込めてそう言った。表情にはありありと軽蔑の色が浮かぶ。

仕方のないことだと思った。国にとって大事なときに、エルヴィーラはいるべき場所にいなかった。ウェルナーに拐《かどわ》かされたことなど言い訳にもならない。肝心なときに気絶してしまった自分に責任があるのだから。

「ごめ――」

謝りかけたそのとき、ウェルナーがエルヴィーラの視界に割って入った。

「やむを得ない事情があってのことです。――王女は殺さず捕らえる――そう周知してあったにもかかわらず、王族最後の生き残りである王女殿下を殺そうとした者がいたので」

ウェルナーの背中が壁になって見えなかったが、宰相が言葉を詰まらせたのはわかった。

「――！　だからといって、何も王宮から連れ出さずともよかったであろうに」

「確実に守るにはそうするしかなかったんです。クーデター軍の中に、彼女を狙う者たちが紛れ込んでいて、どこから襲われるかわかりませんでしたから。俺が唯一望んだ報酬を自分で守って悪いですか？　誰の差し金だったのか、彼女を襲った男の身元を洗って調べているところです。真犯人が見つかるまでは、俺の側から離しません」

　宰相は動揺を隠すかのように咳払いをした。

「と……ともかく、王女殿下には議会に出席していただく。ただし、発言権はなく、新たに設立された国政議会の決定に従ってもらう」

　エルヴィーラは涙をこらえるので必死だった。今の話でかすかな希望は切れた。王族最後の生き残り――ウェルナーのその言葉を宰相が否定しなかったということは、父と弟は本当に亡くなったのだ。そして宰相がウェルナーにエルヴィーラを下げ渡したことも。

　王宮法廷――宮殿脇に立つその場所では、国に重大な悪影響を及ぼした者が裁かれる。段になった数多の席が扇状に囲む最下段には、証言台と玉座がある。

　今、玉座は空席となっている。そこに座るべき国王がいないからだ。その代わり、玉座の脇に椅子が置かれ、そこに宰相ホルエーゼが座していた。玉座を挟んで反対側には文官が立ち、手にした文書を延々と読み上げている。

内容はクーデターを起こすことになったきっかけから、計画、準備、実行へと移る過程の事細かな報告だった。

エルヴィーラは最下段の片隅に用意された椅子に座って、じっと耳を傾けていた。

「玉座の間に王太子をおびき寄せ、国王、王太子の二人が並んだところで近衛隊隊長ウェルナー・アジェンツィが両名を刺殺。これを合図に、国王と王太子の取り巻きを掃討……」

これを聞いたときだけ、エルヴィーラはきつく目を閉じた。父と弟は本当にウェルナーの手で殺されたのだと改めて実感した。

だが、ただ悲しいだけだった。肉親を殺されたのだから、恨みや憎しみを感じてもよさそうなものなのに。肉親の情に薄いのは自身も同じだったと思うと、罪悪感が押し寄せてくる。

それから、国王、王太子とともに粛清された者たちの名が読み上げられはじめた。

エルヴィーラは次第に気分が悪くなっていった。彼らが好きだったわけじゃない。だが、多くの命が失われたのだという事実がたまらなく恐ろしい。

「なお、以下の方はクーデターにて名誉の戦死をなさいました」

犠牲者も出てしまったのかと打ち沈んで聞き入っていると、元帥の名前も挙がってきて、エルヴィーラははっと目を開けた。

元帥といえば、ウェルナーの実の父親である。父親だけでなく、彼の異母兄たちの名前も続く。

彼らが亡くなったと聞いて、エルヴィーラは信じられない思いだった。肉親が亡くなったというのに、ウェルナーはそんなそぶりを微塵も見せなかった。知らなかったのだろうか。クーデターからずっと、自分の屋敷に籠もってエルヴィーラの側から離れなかったのだから。——知らなかったわけがない。彼はクーデター側の中心人物だし、報告は届いていたのではないだろうか。

エルヴィーラは、思わず隣に立つウェルナーの顔を見上げた。

彼はかつてと変わらぬ涼しげな顔をしていた。当時はそれを彼の強さだと思い憧れたが、それは思い違いだったかもしれない。

ウェルナーの父親も異母兄たちも、彼に酷い仕打ちをしてきた。だから彼らの死を悲しむべきだなんて思わない。でも他に何か思うことはないのだろうか。自分を苦しめてきた彼らに対して何か思うことは。無感動な様子で肉親の死を聞き流したウェルナーに、エルヴィーラは内心戸惑う。

玉座脇に立った文官が退き、別の文官が立ってクーデター後の状況報告が始まった。内容は、ウェルナーが言っていたことを詳細にしたものだった。衛兵や侍女など王宮で働く者たちに犠牲者はなく、ホルエーゼの指揮のもと、すでに平常を取り戻している。また、クーデターが発生したと聞き不安に陥っていた民は、愚王ウンベルトが倒されたという報せを聞き、クーデターの指導者である宰相から食料が配布されると、またたく間にクーデター歓迎に沸いたという。

エルヴィーラはやるせなくなった。自らの今までの苦労は何だったのだろう。自分のしてきたことがすべて無意味だったような気がしてならない。それだけではなかった。エルヴィーラだって国のことを考えていたのに、クーデターの前に何も知らされなかった。肉親を殺すと伝えにくかったのだと考えることはできる。だが、ホルエーゼたちがそんな気遣いをするとは思えない。彼らにとって王女《エルヴィーラ》は邪魔者でしかなかったのだ。

「なお、王女エルヴィーラは堕落した王家の責任を取り、王女の身分を返上していただく。身分返上後は只人《ただびと》となり、元帥に就任するウェルナー・アジェンツィの監視下に生涯置くこととする」

ほんの少しだけ期待していた。ホルエーゼをはじめとした貴族たちが、エルヴィーラを必要として王女の身分剝奪を取りやめてくれることを。だが、期待していたような奇跡は起こらなかった。エルヴィーラは、彼らに切り捨てられたのだと認めるしかなかった。

エルヴィーラは近衛隊士たちに囲まれて法廷から宮殿へと移動した。これから王宮前広場を臨むバルコニーに出て、集まった民を前にして王女の身分を返上することを宣言しなければならない。

法廷を出る際にホルエーゼに囁かれた。「剝奪ではなく返上という言葉を使わせて差し上げるのは、あなたには過ぎたる温情です」と。剝奪と返上では、意味合いが大きく違う。不名誉な『剝奪』より、自ら進んで身分を差し出す『返上』のほうがまだ聞こえがいいというわけだ。

でも、王女でなくなるというのに体面を守ったところで、何の意味もない。

バルコニーへと続く部屋に入ると、先ほど法廷にいた貴族の半数ほどがすでに到着していた。彼らと目を合わせたくなくて俯いて部屋の中へと進むと、不意に女性の声が聞こえてきた。

「いい恰好ね」

この場に女性がいると思わず、エルヴィーラは思わず声のしたほうを見る。

入口脇に、華美なドレスを身にまとった女性が立っていた。ホルエーゼの後妻、アナリタだ。目鼻立ちがくっきりとした美人の彼女は、エルヴィーラより四歳年上なだけなのに女の色気に溢れている。ホルエーゼが初老であることからすると、ずいぶん年若い後妻だった。

アナリタの華美な装いに、エルヴィーラは一年ほど前苦言を呈したことがある。それ以来、彼女には目の敵《かたき》にされていた。ここぞとばかりに仕返しに来たとしても不思議ではない。

だが、アナリタの背後に控える女性の姿に気付いたとき、エルヴィーラは驚愕に目を見開いた。

「ビアンカ……」

乳兄弟でエルヴィーラ唯一の侍女だった彼女が、アナリタに仕える立ち位置にいるなんて。さらにショックだったのは、エルヴィーラと目が合った瞬間、ビアンカが目を逸らしたことだった。

エルヴィーラがクーデター以降、王宮から一人姿をくらましたことに失望したのだろうか。王宮から離れたことは本意ではなかったとはいえ、その間にあったことを考えれば言い訳などできない。

「おはやく願います」

先導していた文官に促され、ビアンカと言葉を交わすこともできないまま、エルヴィーラはその場を離れた。

バルコニーに近付くと、外から人々のざわめきが聞こえてきた。先導していた文官がまず先に出て声を張り上げる。

「静まれ！　これから王女殿下のお言葉を賜る！」

王女——そう呼ばれるのもこれが最後だ。

静かになったところで文官がバルコニーから戻り、エルヴィーラに道を譲る。エルヴィーラはそれを合図にバルコニーへと足を進めた。

王宮前広場を見渡せるそこから、大勢の人がひしめき合うのが見える。その数は数百、あるいは数千にもなるだろうか。広場から伸びる道々にも人が溢れている。

小さいころ、祖父と母とともにここに出て、民によく手を振ったものだった。

あのころのように、父と弟とともにここに立てたらと願う日もあった。けれど、父も弟もすでにこの世にはなく、エルヴィーラも今日を限りにここに立つことはない。

一度目を閉じて感傷を断ち切ると、エルヴィーラは目を開けてバルコニーの下に集まる人々を見渡した。

そのときだった。

エルヴィーラめがけて何かが飛んできた。背後にいたウェルナーが腕を引っ張ってくれなかったら、エルヴィーラのどこかに当たっていただろう。

ウェルナーに抱きしめられるように庇われたエルヴィーラは、カンコロンという乾いた音を耳にした。何だろうと思って足下を見ると、片手に握り込めるくらいの大きさのものが転がっていた。目をこらして確かめたエルヴィーラは、呆然とつぶやく。

「……石？」

「引っ込め王女！」

その叫びとともに、罵声が次々と上がった。

「残飯を恵んでもらって俺たちが喜ぶと思ってたのか!?」

「偽善者！」

一つひとつの言葉が、胸を抉る。

後退りかけたエルヴィーラの耳に、ウェルナーの舌打ちが聞こえてきた。

エルヴィーラはそれで悟った。ウェルナーはエルヴィーラが民に恨まれていると知っていたから、馬車の窓から外を眺めるのを禁じたのだ。馬車が大勢の民に取り囲まれ襲撃されたら、逃げることなどできないから。

ウェルナーは、近くにいた近衛隊士に命じた。

「石を投げた者を捕らえろ。罵り声を上げている奴らも黙らせるんだ」

「は！」

返事をした近衛隊士がきびすを返そうとする。エルヴィーラは後ろを向いて鋭い声を上げた。

「やめて！　民に手を出さないで！」

ウェルナーが振り返り、エルヴィーラに険しい声を投げかける。

「何故です？　危害を加えられるところだったんですよ？」

エルヴィーラは負けじと睨み返した。

「では、あなたは石を投げられたのが平民でも取り締まるのですか？」

「それは――」

言葉を失ったウェルナーに、エルヴィーラは重ねて言った。

「わたくしはもう王女ではありません。ですが、だからといって彼らの怒りから逃げるわけにはいかないと思うのです。――これで最後です。王女としての務めをどうか果たさせてください」

言い終えてすぐ、再びバルコニーへ向かう。表情が固まったままのウェルナーから目を逸らしてエルヴィーラがバルコニーに現れると、一旦は静かになっていた広場がまた騒がしくなった。

「引っ込め王女！」

「この国にはもう王族なんていらない！」

石つぶても飛んでくる。外れるものもあったが、ほとんどはエルヴィーラのドレスに当たった。それでも、エルヴィーラは毅然と佇み、はっきりとした声で民に告げた。

「王女としてあなた方に何もできなかったこと、心苦しく、申し訳なく思います。そして、父国王があなた方にしたことを、心からお詫びします。申し訳ありません」

深々と頭を下げると、石つぶてが頬をかすめてひりひりとした痛みを残した。

「謝って済むと思ってるのか！」

「あんたも一緒に死ねばよかったんだ！」

エルヴィーラの胸が、痛みに貫かれた。

民にこんなにも嫌われていたなんて思ってもみなかった。貴族たちには邪魔者扱いされても、民だけはエルヴィーラの努力をわかってくれると。

でもそれは、浅はかな思い上がりだった。

今すぐにでも逃げてしまいたい。その気持ちに耐えて、エルヴィーラは顔を上げた。

「あなた方を苦しめた国王はすでに亡く、宰相ルジェーロ・ホルエーゼにより、食料が配られたと聞いています。ホルエーゼはこの国最後の良心と言われるほどの人格者です。これからは彼と、彼とともにこの国に平穏を取り戻した者たちが、この国をかつての繁栄へと導いてくれることでしょう。あなた方が仰る通り、この国に王族は不要です。わたくしは王女の位《くらい》ならびに王族としての身分を返上することをここに宣言いたします」

エルヴィーラを非難し声を上げていた民が、次第に静かになっていった。「今何て？」「身分を返上とか何とか……」そんなざわめきが、広場に広がっていく。

エルヴィーラは涙をこらえて最後の言葉を口にした。

「わたくしは身分も何もない只人となりましたが、この先のあなた方の幸せに満ちた未来を心より願っています」

腰を深く折って一礼すると、エルヴィーラは身を翻してバルコニーをあとにした。

背筋を伸ばし毅然とした表情で、ウェルナーの前を通り過ぎ、部屋の中央へと進む。けれど、ホルエーゼをはじめとする貴族たちの勝ち誇った視線に耐えられなくなって、エルヴィーラは駆け出した。

開け放たれた扉から廊下へと飛び出し、驚く衛兵たちに見向きもしないでひた走る。

あんなに憎まれていたなんて思わなかった。

父や弟を諫められないのなら、せめて自分にできる限りのことを、と努力してきた。でもその努力は独りよがりで、彼らを傷付けるものだった。

王女失格だ。エルヴィーラが王女として生まれてきた意味はどこにあっただろう？　王女の身分もなくなった今、エルヴィーラには何一つ価値はない。宰相をはじめとした国政議会の言いなりになるしかなかったが、それでよかったのだと自棄《やけ》になって思った。どのみち、エルヴィーラでは国を治められない。クーデターについて事前に何も知らされず、報酬として下げ渡されるようなエルヴィーラに、忠誠を誓う者などいるはずがないのだから。

エルヴィーラは泣きながら階段を駆け下りる。

中庭に出ようとしたところで、後ろから腕を掴まれた。追ってきたウェルナーだった。

「どこへ行かれるんです？　王宮はすでにあなたの住まいではありません。勝手に動かれては困ります」

ウェルナーはエルヴィーラの耳に小さく囁く。

「あ……」

その通りだ。エルヴィーラには、もはや王宮を自由に歩き回る権利はない。

がくっと力の抜けた身体を、ウェルナーは抱き留めた。他の者たちが駆けつける中、ウェルナーはエルヴィーラの耳に小さく囁く。

「帰りましょう。俺たちの屋敷へ」

甘ったるいその声は、毒のようにエルヴィーラの神経を冒した。


屋敷に戻ると、ウェルナーはエルヴィーラをまっすぐ寝室へと連れ込んだ。

エルヴィーラはすぐさま衣服をはぎ取られ、寝台の上に投げ出される。ウェルナーもすべての衣服を脱ぎ捨て、覆い被さってきた。

性急な情事の合間に、ウェルナーが囁く。

「快楽に溺れて何もかも忘れてしまえばいい。貴女はただ、俺だけを感じていればいいんだ」

考えることに疲れてしまったエルヴィーラは、その言葉に身を委《ゆだ》ねる。

これまでにない絶頂が過ぎ去ると、身体の強ばりが解けてエルヴィーラは寝台に沈んだ。

ウェルナーが肩で息をしながら、エルヴィーラの顔を覗き込む。

「あなたのこれからの使命は、俺を歓《よろこ》ばせることです。俺だけを見て。そうしたら、あなたの望みを叶えて差し上げましょう」

望み？　王女でなくなり生きる目標を失ったエルヴィーラに、何の望みが残っているというのか。

大きくて硬い手が、まろやかな二つの乳房を揉みしだく。胎内に深く突き刺さったままの雄芯がどくんと脈打ちながら大きく硬くなっていく。

絶頂の余韻に霞む目で宙を見上げながら、エルヴィーラはそれらを受け入れた。律動が再開されると、満たされたはずの身体がまた疼き出す。エルヴィーラは目をつむって快楽を追いながら、思考を停止し、心の扉を完全に閉ざした。

第四章　初恋再び

「ほら、口を開けて」

エルヴィーラの耳元で、ウェルナーが甘い声で囁く。言われた通り口を開くと、小さな隙間にひとつまみのパンを押し込まれた。

「よく嚙んで……よく嚙んだら呑み込んで」

ガウン一枚をまとっただけのエルヴィーラは、椅子に座ったウェルナーの膝の上にいた。身体に力の入らないエルヴィーラを、彼は自分の胸に寄りかからせて支える。

ウェルナーもガウン一枚だ。寝室の扉越しに朝食の準備ができたと声がかけられると、ウェルナーはベッドから出てガウンをまとい、寝室のテーブルに食事を運ばせたのだった。

エルヴィーラが喉を動かして口の中のものを呑み込むと、ウェルナーは楽しげに言った。

「そう、その調子。今度はこれを飲んで」

口元に運ばれたスプーンの上には、とろみのあるスープがすくわれていた。エルヴィーラがパンを咀嚼《そしゃく》している間に、ウェルナーはスプーンにすくって飲みごろになるまで冷ましていた。

スプーンに口をつけて飲み干すと、熱すぎないスープが喉を通って胃に落ちて、身体を内側から温める。

「いい子だ。ほら、次はパンを食べてみようか」

ウェルナーはいろんなものを食べさせようとするが、エルヴィーラはどれも味を感じられない。味覚が死んでしまったかのようだ。食欲もなかったが、それでも食べているのは、ウェルナーが食べろと言うからだった。

王宮のバルコニーから逃げ出した一件以来、エルヴィーラは自発的に何かをすることがなかった。ウェルナーに言われるままに淡々と動く。

何もする気が起きないのにウェルナーの言葉に従うのは、彼に言われた言葉だけがエルヴィーラの脳裏に刻まれているからだ。

——貴女のこれからの使命は、俺を歓ばせることです。

エルヴィーラはウェルナーに従うのが務め。他には何もしなくていい——考えなくていい。

今のエルヴィーラは抜け殻だった。心を砕いてきた民にも憎まれ、王女の身分も取り上げられたエルヴィーラは、目標だけでなく生きる意味さえもない。もう嫌。何もしたくない。何も考えたくない。

ウェルナーが食べさせようとしなければ、何も食べず朽ち果てていったことだろう。

エルヴィーラに食べさせる合間に、ウェルナーもいろいろつまむ。

食事がすっかりなくなると、ウェルナーはエルヴィーラを抱えたまま立ち上がった。

「風呂に入ろう」

明るい日差しの差し込む浴室に入ると、陶器の浴槽にはすでに湯が張られていた。思えば、浴室に来るときには、必ず湯が張られていたような気がする。気付かぬ間にウェルナーがそう指示しているのか、常に湯が張られているのか、それとも時折目にする女性がタイミングを計るのに長けているのか。つらつらと考えるけれど、タイル貼りの床に下ろされ愛撫されるようにガウンを脱がされると、その思考も泡沫《うたかた》のように消えてゆく。

抵抗しなくなってからも、ウェルナーはエルヴィーラを抱えて浴槽に入ることを好んだ。黄金色の巻き毛を器用にまとめ上げると、ウェルナーは彼女を軽々と抱え上げ、危なげなく浴槽の縁を跨いで入る。

ウェルナーは布を手に取って、エルヴィーラの肌を擦りはじめる。汚してしまった口元から、耳元、首、細い肩、胸へと。

「少し肉がついてきた。胸も大きくなったみたいだ」

エルヴィーラに背中を向けさせると、ウェルナーは背後から腕を回してエルヴィーラの胸を柔々と揉みはじめた。エルヴィーラはびくんと身体を震わせ仰け反った。

「ん……あ……」

エルヴィーラの唇から、甘い声が零れる。細い肩越しに胸元を覗き込んでいるウェルナーが、密やかな笑い声を立てた。

「感度もよくなったようだ」

先日までは聞けばかっとなっていただろう言葉も、今のエルヴィーラにはどうでもいいことだった。ウェルナーに与えられる愛撫に、ただ素直に反応するだけ。

ウェルナーは再び布を持って、エルヴィーラの肌を擦りはじめた。腹や背中、尻、脚を順にくまなく。胸を愛撫され火の点《つ》いた身体は、それらの刺激にも快楽を覚えずにはいられない。

「んん……っ、あぁ……」

艶めいたため息とともに身体を弛緩させ、背中からウェルナーにぐったりともたれ掛かる。

「ずいぶんと素直になったものだ。――可愛いよ」

耳元に囁かれると、それだけで感じてしまって、エルヴィーラはびくびくと震えた。

「ふぁ、あ……」

布を浴槽の縁にかけると、ウェルナーは恥丘をそっと包み込んで擦り、それから割れ目に指を這わせる。

「あ、ふぅ……ん、ん……」

湯に温められた陰核を指の腹で転がされ、エルヴィーラの声はますます艶めいてくる。

食事の直前までウェルナーの雄芯を受け入れていた蜜壷は、彼の指をすんなりと受け入れた。二本の指でナカをかき混ぜられると、奥に溜まっていた情欲の証が流れ出て、湯に溶け出すのを感じる。まだ溶けきらない二人の欲がぬめりとなって指の滑りを助け、エルヴィーラに新たな刺激を与える。

「ふぁん、あ、ああ……っ！」

エルヴィーラはひときわ高い声を上げて、あっけなく達した。二本の指を蜜壷で食い締め、快感を貪欲に味わう。引き絞られた奥から新たなぬめりが溢れて、二本の指を汚した。

「キリがないな」

ウェルナーが快楽を煽るように洗うから――そんな反論も湯に溶けるように消えてゆく。

不意に身体の向きを変えさせられた。浴槽内の段差に浅く腰掛けるウェルナーの膝を跨ぐように座らされ、布を手渡される。

「俺の身体も洗ってくれますか？」

ウェルナーの目には挑戦の光が宿っていた。男に奉仕するような真似が、元王女にできるかどうかと。

躊躇いは一片もなかった。抜け殻となったエルヴィーラは、ウェルナーの言葉に諾々と従うだけだ。

エルヴィーラは布を手に持ち、浴槽の縁にもたれ掛かったウェルナーの、厚く逞しい胸板を擦りはじめる。一瞬驚いたウェルナーだったが、すぐに愉悦の笑みを浮かべた。

「貴女に洗ってもらえる幸運者は、二人といないでしょうね」

エルヴィーラの項に手を伸ばし、湯に濡れた黄金色の後れ毛をかき上げる。かすかなくすぐったさを感じながら、エルヴィーラは広い胸板を丁寧に擦り続けた。

「胸ばかりでなく、こちらも洗ってください」

差し出されたのは腕だった。エルヴィーラの二倍近く太く、逞しい腕。エルヴィーラは肘の部分を片手で支えて洗おうとした。

差し込む光が湯煙に反射して、湯船の中にいると意外に視界が悪かった。けれど、顔の間近にあるものならそこそこ見える。

ウェルナーの筋肉質な二の腕を見て、エルヴィーラはそこに傷跡が無数にあるのに気付いた。どれも赤っぽく、盛り上がっているものもある。下手に触れたら痛いのではないだろうか。こうした傷とは無縁で過ごしてきたエルヴィーラには、この傷に触れられたらウェルナーがどう感じるのか想像がつかない。

擦るのを躊躇うと、ウェルナーは皮肉げに言った。

「傷だらけで気持ち悪いですか？　俺は軍人なので、怪我はつきものなんです」

何も感じなくなっていた心に、不意に畏敬の念が湧き上がる。

英雄と称えられている彼でも、無傷で生還できたわけではない。命の危険と隣り合わせの戦場に身を投じ、他国から恐れられるほどの戦功を上げることで、この国を守ってくれたのだ。

これらの傷は、国を守ってくれた証。

感謝を伝えたい気持ちに駆られ、エルヴィーラは傷の一つに口づけをした。ウェルナーはかすかに震えたけれど、エルヴィーラの勝手な振る舞いに怒る気配はない。止められもしなかったので、他の傷にも丁寧に口づけを施していく。洗っているときには気付かなかったけれど、胸にも多少だが傷はあった。エルヴィーラは両手を胸板に添え、身を屈めて口づける。

と、いきなりウェルナーはエルヴィーラの腰を持ち上げ、剛直の上に引き下ろした。ぬかるんだままだった蜜壷は、抵抗なく剛直を呑み込む。

「あぁ……」

エルヴィーラは、ため息とも喘ぎ声ともつかない声を漏らして仰け反った。後ろに倒れそうになったエルヴィーラを、ウェルナーは二の腕を摑んで引き寄せる。

「気持ち悪くないと伝えたかったのですか？　貴女の初々しい愛撫のせいでこんなになってしまった。責任をとってくれますよね？」

そう言って、ウェルナーは腰を突き上げる。

「ひぁ……っ！」

下りてきていた子宮を力強く突かれて、痛いほどの快感を覚える。そのあと、浮力によって遅れて湯に沈む身体は、先に下りていたウェルナーの強ばりを再び胎内に収めていった。

硬い肉竿に襞を削るようにして胎内を押し広げられ、その強い刺激にエルヴィーラはびくびくと身体を震わせた。

「あぁ――――」

細く長い声が、浴室の中に響く。

エルヴィーラの尻がウェルナーの膝に着地すると、彼はまた腰を突き上げた。

エルヴィーラの体奥から蜜が新たに湧き出る。ウェルナーは同じ動作を二度三度と繰り返し、滑りのよくなった胎内を行き来する。エルヴィーラはすぐに、そのゆっくりとした律動では物足りなくなった。蜜壺が快楽を搾り取ろうと蠢くと、ウェルナーはエルヴィーラの腰を摑んでがつがつと突き上げはじめた。

「んあっ、あっ、あんっ」

エルヴィーラはウェルナーの肩に手を置いて、あられもない声を上げ与えられる悦楽を享受する。お湯はじゃぶじゃぶと波打ち、むわっとした湯気を立ち上らせる。

のぼせて意識が霞む中、ある一衝きがエルヴィーラを小さな頂点に押し上げた。

「あぁあぁぁ――――！」

身体を仰け反らせ、四肢をびくびくと強ばらせる。またも倒れそうになった身体を、ウェルナーは抱きしめて支えた。

絶頂の波が過ぎ去る前に、ウェルナーはエルヴィーラを持ち上げ自身を引き抜く。それから両手に抱えると、勢いよく立ち上がった。湯がざぶんと波立つ。その勢いのまま浴槽の外に出ると、余韻に震えるエルヴィーラを壁の前に立たせた。

脚に力が入らない。エルヴィーラは背中と手のひらを壁にぴったりくっつけた。最初はひやっとしたけれど、そのうち火照った身体にタイルの冷たさが心地好くなる。

身体が安定してほっと息をついたのもつかの間、ウェルナーはエルヴィーラの左脚をすくい上げ、自らの右腕にかけた。ぐらっと傾きかけたエルヴィーラの身体を、ウェルナーはタイルに押しつける。そして、露わになった秘所に自身を勢いよく突き立てた。

「ぁっ！　ああ……っ！」

すぐさま激しい律動が始まる。身体は上下に激しく揺れ、床についていたはずの右足は宙に浮いた。エルヴィーラは無意識に身体を安定させるものを求め、ウェルナーの首にしがみつく。そうすると、ウェルナーの首筋に顔を埋めることになった。

律動を緩めたウェルナーが、エルヴィーラの耳元に低く艶めいた声を吹き込む。

「貴女のせいでまだ収まりがつかない。もうしばらく相手をしてください」

ウェルナーは左手でエルヴィーラの臀部を支えると、再び律動をはやくする。

「んぁっ、あっ、んっくっ……」

不安定な体勢のせいで、嬌声に苦悶が混じる。より安定した体勢を求めて、エルヴィーラは右脚をウェルナーの逞しい腰に巻き付けた。踵が引き締まった彼の臀部の上に引っかかりを得て、それを頼りに身体を支える。

エルヴィーラの体勢が安定すると、ウェルナーも動きやすくなったようだった。突き上げはますます強くなり、エルヴィーラの最奥を勢いよく押し上げる。

「ひぁっ、いっ、あっ、あぁっ」

痛みすら感じるのに、エルヴィーラの身体はそれさえも快感に置き換える。繋がり合った部分から聞こえるぐしゅぐしゅと粘液が泡立つ音が次第に大きくなってくる。タイルに一旦冷やされた身体が、再び熱を帯びてくる。

頭の中は、すでに与えられる快感でいっぱいだった。

「あっ、はぁ……んっ、んっ、ふ……っ」

あられもない声を上げながら、エルヴィーラは悦楽を享受する。

二人の間で丸く膨らんだ乳房が揺れ、ウェルナーの胸板に胸の頂が擦れて気持ちがいい。絶頂の予感を覚えて密壷は蠢き、ウェルナーのモノを締め上げてまた快楽を得る。

もう耐えられないと思ったそのとき、耳元でウェルナーの苦しげな声が聞こえる。

「あぁッ……くっ、エルヴィーラ……！」

ウェルナーもエルヴィーラで絶頂を極めようとしている。そう悟り高揚を覚えた瞬間、エルヴィーラは弾け飛ぶ。

瞼の裏に炸裂する光。悦楽に脳天を突き上げられ、行き渡った快楽に全身が張りつめる。

「くぅ……ッ」

ウェルナーは苦悶の声を上げた次の瞬間、ひときわ強くエルヴィーラを突き上げ、自身を解放する。

熱い飛沫が胎内に染み渡るのを感じながら、エルヴィーラは弛緩し、すうっと意識を閉じた。

――こんな、ウェルナーに可愛がられて眠るだけの日々。

義務も責任も心配事もない、皮肉にもそんなかつてないほどの穏やかな日々を、エルヴィーラは送っていた。

今はもう、王女の名にふさわしくあろうと努力する必要はない。ただ、ウェルナーの言う通りにしているだけでいい。

ウェルナーの腕の中にいると心から安らぐ。エルヴィーラを嫌い、辱めた相手なのに。そのことさえも、もうどうでもよかった。

意識が戻ったとき、エルヴィーラは寝台に下ろされるところだった。目が合うと、ウェルナーは微笑みかけてくる。彼の笑顔は以前より優しくなった気がする。

「愛しています、エルヴィーラ。貴女は？」

エルヴィーラは従順に答える。

「愛しています」

そう答えるのが、ウェルナーの望みだから。本当に愛しているのかどうかは、エルヴィーラ自身もわからなかった。

ある日、エルヴィーラがふっと目を覚ますと、ウェルナーがベッドから抜け出すところだった。彼が起こさないので、横になったまま微睡《まどろ》む。

そうしていると、ウェルナーは静かに着替えて、そっと寝室から出ていった。

ウェルナーは最近、エルヴィーラを一人寝室に置いていくことがしばしばあった。以前は静かだった階下から、今は複数の男性の声が聞こえてくる。その声を聞いていると、練兵場で兵士たちが上官に報告していた様子を思い出す。

ウェルナーは、クーデターへの貢献が評価されて元帥になった。軍の頂点に立つことになった彼のもとには、ひっきりなしに報告が上がるのだろう。

元帥の庶子でありながらも戦場で数々の戦果を上げて英雄と呼ばれ、とうとう自らも元帥にまで昇り詰めたウェルナー。片や正統な血筋の王女として生まれながらも、何一つ成すことができないまま、とうとう王女の身分を剝奪されたエルヴィーラ。

ウェルナーが階下に行くと、報告、あるいは指示を仰ぐ者たちが大勢彼のもとへ詰めかけるのだろう。そう思うだけで妬ましく思ってしまう自分の狭量さが辛くて、エルヴィーラは手で耳を塞いで自分に言い聞かせる。

わたくしはもう関係ない。民にとって害悪でしかない自分など、いなくなってしまったほうが彼らのためになるのだから。


そうしているうちに、いつの間にかまた眠ってしまったらしい。

次に目を覚ましたのは、揺り起こされたからだった。目を開けると、ここに来てから何度か見かけた中年の女性が目の前にいる。

女性は無愛想に告げた。

「起きて着替えてください」

何故、とエルヴィーラは訊《き》かなかった。言われた通りに起き、寝台から下りて女性が用意したドレスに着替える。先日王宮に向かった際に着せられたドレスと同じものだった。

着替えたあと、簡単に髪をまとめられ、階下へ案内される。

玄関ホールへ続く階段の途中まで下りると、階段下にレイ・ペサレージが立っているのが見えた。けれど、ウェルナーの姿はない。エルヴィーラが階段を下り切ると、レイは慇《いん》懃無礼《ぎんぶれい》に話しかけてきた。

「ホルエーゼ殿が、エルヴィーラ様に王宮まで来るよう仰せです。何でも、エルヴィーラ様が王女としての諸権利を完全に放棄するには、いくつかの文書にサインしなければならないそうで」

王女としての権利がまだ残っていると知って、エルヴィーラの心は一瞬高揚する。だが、すぐに自嘲の笑みが口元に浮かんだ。権利が残っていたからといって、何になるというのだろう。エルヴィーラが王女であることを誰も求めてはいない。ホルエーゼも国政議会も、この国に住む民衆たちも。

笑みを浮かべたエルヴィーラにレイは眉をひそめると、何も言わずに歩き出した。

玄関ホールを、軍の制服を着ている男性たちが忙しく行き来している。彼らの好奇の視線を痛いほど感じながら、エルヴィーラは外に出た。

馬車も前回と同じ簡素な箱馬車だ。

その外にも中にもウェルナーの姿がなくて、エルヴィーラはぽつんとつぶやいた。

「ウェルナーは……」

するとレイは苛立った口調で返してきた。

「あの方はお忙しいのです。ずっと貴女のお守りをしているわけにはいきません」

誤解をされ、エルヴィーラは黙り込む。

別にウェルナーにいてほしいわけじゃなかった。ただ、自分にあれほどの執着を見せたウェルナーが、エルヴィーラを一人で王宮に行かせるということに違和感を覚えただけだ。

レイに急かされて馬車に乗り込む。すぐに扉が閉められて、馬車は軽快に走り出した。


時は少しさかのぼる。

浴室の中、大きな絶頂を迎えたエルヴィーラが力尽きて意識を失うと、ウェルナーは満足げな笑みを浮かべて身体を起こした。

快楽に素直に反応するエルヴィーラがたまらなく可愛い。——自分がこんな感情を持つ日が来るとは思ってもみなかった。

エルヴィーラと出会ったのは二十一歳のころ。

訓練を終えて兵舎に戻る途中、複数の兵士に絡まれた。それ自体は珍しいことではない。父親である元帥に疎まれていたウェルナーは、常に標的となった。上官から訓練に託《かこつ》けて暴行を加えられたり、一部の兵士たちから侮辱の言葉を浴びせられたり。他の兵士たちはとばっちりを恐れてウェルナーに近寄ろうとしなかったが、ウェルナー自身は全く気にしていなかった。元帥の屋敷の離れで暮らしていた幼少期と、さほど状況に違いはなかったからだ。暴力を振るったり罵詈雑言《ばりぞうごん》を浴びせてきた、歳の離れた異母兄たち。使用人たちは見て見ぬふりをして離れていく。

それが普通だと思っていたから、見知らぬ少女が兵士たちを叱り飛ばしたときはかなり驚いた。

――出自は本人にはどうにもならないもの。それをあげつらってひとを侮辱するとは。恥を知りなさい。

生まれて初めてだった。ひとに庇《かば》われたのは。

ウェルナーの中に感情が芽生えたのは、そのときからだった。最初は驚き戸惑った。そんな感情を与えた彼女が気になるようになった。そして、彼女が他人《ひと》に慈悲を与える姿を見ては、怒りに似た感情が燃え立った。彼女が気にかけるのは自分だけでいい。彼女がその目に映すのは自分だけでいい。

その執着は狂おしいほどの欲望となってウェルナーの身を焦がした。だが、相手は愚王の娘とはいえ一国の王女、元帥の息子とはいえ非嫡出子で、一介の兵士でしかない自分の手の届く相手ではない。そのためか、なおのことエルヴィーラが欲しかった。エルヴィーラを王女の座から引きずり下ろして、自分の欲望で穢したくてたまらない。ウェルナーは虎視眈々《こしたんたん》とエルヴィーラを手に入れるための策を張り巡らせた。

ウェルナーはそっとベッドを下りると、隣の部屋に移動してさっと身支度を整え外に出た。執務室に向かえば、部下たちが次々やってきて指示を仰ぐ。

宰相をはじめとした国政議会メンバーがウェルナーを元帥に指名したのは、ウェルナーがその地位にふさわしいと思ったからではない。他国への牽制のためだ。国王と国軍のトップを司る元帥が不在となれば、他国に攻め入る好機を与えてしまう。だが、死神と恐れられるウェルナーが軍を統率することになれば、他国もおいそれと攻め入ってはこられない。

そして、ウェルナーが元帥の座に就いたのは、エルヴィーラを監視するのにふさわしい地位が欲しかったからだ。エルヴィーラは王女の身分を剝奪されても、王族の血を引くことに変わりはない。彼女が政治に利用されないよう監視と警護をしなければならず、そのためには確かな地位を持つことが重要だった。そのためには近衛隊隊長のままでいるわけにはいかなかった。愚王お気に入りの近衛隊隊長から脱却し、より高い地位に就く必要があった。

地位には相応の責任が付随する。せっかく手に入れたエルヴィーラとの時間を削られるのは煩《わずら》わしかったが、元帥という地位ゆえに王都にとどまっていられるという状況は気に入っていた。……煩わしい？　気に入る？　自分にそんな感情が芽生えるなんて思ってもみなかった。ウェルナーは自嘲する。

エルヴィーラと出会ってから、いろんなことを思うようになった。すべてが彼女を想うが故の感情。それを覚えるようになってから、ウェルナーの人生は鮮やかに色付いた。

一段落ついたところでレイが現れた。

レイは素知らぬ顔で報告する。

「宰相殿がエルヴィーラ様を呼び出されたので、馬車でお送りするよう部下に命じました」

「な……っ」

ウェルナーは顔色を変えて勢いよく立ち上がる。

「何のつもりだ!?」

激高するウェルナーに、レイは淡々と答えた。

「何でも、エルヴィーラ様が正式に王女の地位を下りるためには、いくつかの文書にサインをしていただかなければならないそうで――」

ウェルナーはレイの胸倉を摑んで凄《すご》んだ。

「それが方便であることくらい、おまえならわかっただろう?」

言うだけ言って突き飛ばすと、ウェルナーは執務室から飛び出した。

「馬の用意を!」

「お待ちください！　貴方のためにしたことです！」

「何だと？」

「エルヴィーラ様を手に入れてからというもの、貴方は腑抜けてしまわれた。我々が目指したのは、クーデターのその先ではないのですか？　だいたい、英雄である貴方の名さえあれば、我々の計画に王女は不要」

　ウェルナーはもう一度レイの胸倉を摑んで、廊下の壁に叩きつけた。

「勘違いするな。彼女が必要か不要かは俺が決めることだ」

　首を絞め付けられながらも、レイはうっとりとした笑みを浮かべた。

「す……崇拝する貴方に殺されるのでしたら本望ですが、宰相殿がエルヴィーラ様を連れてこいと言ったのです。私がそそのかしたわけではありません。あのじじいが、自分の地位をいつ脅かすか知れないエルヴィーラ様を放っておくつもりはないとわかっていたはずです。我々が想定したよりはやく、奴は本性を現しつつあります。それ故我らも造反者の取り込みを進めています」

　集まってきた部下たちも、ウェルナーに期待の目を向けている。

　ウェルナーは怒りに目を燃え立たせながら、レイの胸倉を離した。

「わかったよ。おまえたちの望むように動いてやろう。だが覚えておけ。エルヴィーラに何かあったらただで済むと思うな。そのときはおまえたちの望まぬ未来をくれてやる」

　他の部下が震え上がる中、レイだけは喜びに顔を輝かせた。

「それでこそ、私が主君と仰ぐお方です。エルヴィーラ様をお見送りしてから、さほど時間は経っていません。急げばエルヴィーラ様が宰相殿と会う前に追いつけるでしょう」

王宮に到着したエルヴィーラは、居丈高な女官に案内されて王族の居住区に入った。懐かしくてほっとする庭。けれど、エルヴィーラにこの庭で憩う自由はもうない。すでに別の人々が利用しているようで、楽しげに笑う声が聞こえてきた。

思考の鈍くなった心にも一抹の寂寥《せきりょう》を覚える。それを頭から締め出して通り過ぎようとしたそのとき、楽しげな声が他人をいじめる声だと気付いた。ビアンカの名前が聞こえたのと同時に、エルヴィーラのぼんやりとしていた意識が一気に覚醒した。

「ビアンカ、おまえはまともにお茶も淹れられないの？　おまえを見ていると、前の主人の程度が知れるというものよ」

また笑い声が聞こえてきて、エルヴィーラは女官が止めるのも聞かず走り出した。

近付くと、庭木の合間に人の姿が見える。テーブルを囲む数人の女性。ビアンカを目の前に立たせ高飛車に文句を言っているのはホルエーゼの後妻、アナリタだった。

「ぬるいって言ってるのよ」

「で、ですが先ほどは熱すぎると……」

「わたくしに口答えする気!?」

庭に飛び込んだエルヴィーラは、とっさに割って入ってビアンカがかぶるはずだったお茶をかぶった。

「――！　王女殿下！　大丈夫ですか!?」

「大丈夫よ。そんなに熱くなかったから」

「ビアンカ。おまえはまだその女を王女だと思っているようね。物覚えの悪いおまえには罰を与えなくてはならないわ」

真っ青になったビアンカを見て、エルヴィーラはとっさに庇った。

「やめて。ちょっと言い間違えただけで罰を与えるなんて行き過ぎです」

「お黙り!!!」

アナリタの怒声に、エルヴィーラは身を竦める。

アナリタは顎を上げて、見下した目をエルヴィーラに向けた。

「わかってないようね？　ここはもうおまえのものじゃないのよ。で、今は誰のものだと思う？」

自慢げに言うアナリタに、エルヴィーラは瞠目する。

「あなた、なの……？」

「そう、わたくしよ！　国の頂点に立つのは、名実ともにわたくしの夫ですもの！　いずれは夫が国王陛下になるわ。そうしたらわたくしは王妃陛下。かつてのおまえとも身分が逆転するわね！」

　アナリタが高笑いを始めると、周囲の女性たちもくすくす笑う。今は華美なドレスを身にまとっているが、エルヴィーラが王女だったころは、エルヴィーラに倣《なら》って贅沢を控えた装いをし、街に配給する食糧を集めて回ってくれていた。なのに――。

「クーデターが成功して、アナリタ様がこの国第一位の位《くらい》に就かれてよかったですわ」

　一人がこびるように言えば、別の一人が大きく頷いて同意する。

「本当に。わたくしたち、お食事の残りをかき集めるなんてみっともないこと、もううんざりでしたもの」

　なのに、この変わりよう。彼女たちも王女の地位にかしずいていただけで、エルヴィーラの志に賛同していたわけではなかったのだ。

　真っ青になって立ち尽くすと、アナリタはエルヴィーラに嘲りの視線を送りくすくす笑った。

「わかった？　王女でなくなったばかりか、何の身分も持たない今のおまえが、今をときめくわたくしに指図することなどできないの。――ところで、おまえは何故いるの？　ここはおまえのいていい場所じゃないのよ」

　エルヴィーラを案内していた女官が、すっと前に出てきた。

「アナリタ様、申し訳ありません。この者を宰相殿のもとへ連れていく最中だったのですが、急に走り出してここに……」

「夫のところへ？　そういえば、近々呼び出すと言っていたわね。ま、いいわ。邪魔だからとっとと連れていってちょうだい」

「かしこまりました」

女官はエルヴィーラの腕を掴み引っ張っていこうとする。

後ろ髪を引かれつつ歩きはじめたエルヴィーラだったが、「この侍女にどんな罰を与えてやろうかしら」という声を聞いて、女官の手を振りほどいて今いた場所まで戻った。

「お願いでございます。この侍女には寛大なお心を。もとはといえば、わたくしがここに来てしまったのがいけないのです。どうか、罰はこのわたくしにお与えください」

深く腰を落として頭を下げると、数瞬の後、辺りは嗤《わら》い声に包まれた。

「ほほほ……おまえには矜持というものがないの？　いいわ。おまえに免じて許してあげる。だからわたくしのおもてなしを受け取ってちょうだい」

テーブルに並んでいた皿からクリームたっぷりのケーキを摘み上げると、アナリタはそれをエルヴィーラに投げつける。身動き一つしなかったエルヴィーラの髪や肩、スカートにべったりとクリームがついた。

それを見て、アナリタや彼女の取り巻きとなった女性たちはまた笑う。

ビアンカが小さく悲鳴を上げる。

「王——エルヴィーラ様！」

「しっ、黙って。あなたは手出ししないでちょうだい」

エルヴィーラは小声でビアンカに言い渡す。

笑うのに忙しかったのか、二人の声は目の前に並ぶ女性たちに届かなかったらしい。

「これもお召し上がりになって」

「これも」

焼き菓子やカップに入ったお茶を、女性たちは次々エルヴィーラに投げつけた。

「あ、あの……宰相殿が……」

女官はおろおろするが、アナリタは全く平気な様子でころころ笑う。

「夫なら少しくらい待たせても平気よ。わたくしがこの者を引き留めていたと言えば許してくださるわ」

宰相は以前から年若い後妻に甘かったが、今もアナリタに好き勝手させているようだ。

本当に宰相が国王になって、アナリタが王妃になるのなら、好き放題ばかりしてはいられないのに。王妃には責務がある。エルヴィーラの母が死の直前までも果たし続けた責務が。

腰を低くしたまま微動だにしないでいると、アナリタが嘲りを目一杯込めて言う。

「何をしてらっしゃるの？　せっかく差し上げたのですから、ちゃんとお食べなさいな。民衆に残飯を配っていたあなたですもの。地面に転がった食べ物も食べられるわよ、ねえ？」

エルヴィーラは覚悟を決めて地面に膝をついた。辺りに転がる焼き菓子を拾っては口に運ぶ。嘲笑が湧き起こったが、エルヴィーラの矜持が傷付けられることはなかった。

ビアンカはエルヴィーラの姉同然であり、大事な友人でもある。物心ついたころから一緒にいて、母が亡くなってからの辛い時期も、エルヴィーラを励まし支えてくれた。彼女が今エルヴィーラをどう思っていようが、エルヴィーラは彼女から受けた恩を忘れない。

ビアンカを守るためなら何だってやる。

その思いが、エルヴィーラの心に火を灯す。生きる気力を失っていたエルヴィーラに、不屈の精神が蘇ってくる。

「クリームもちゃんと舐め取りなさいな。指ですくい取るなんて手間をかけないで、地面から直接舐め取るのよ」

「アナリタ様が手ずからくださったものなんですから、残しちゃだめよ」

躊躇いは一瞬だった。エルヴィーラは地面に両手をついて、クリームの落ちた場所に顔を近付けた。クリームに砂が混じり、口の中がじゃりじゃりする。吐き出したいのをこらえて、エルヴィーラは懸命に呑み込んだ。

今度も嗤い声がしたが、それはすぐに消えた。

「こうも従順だと、つまらないわね」

退屈そうなアナリタの声とともに、辺りはしんと静まりかえる。

このまま飽きて、エルヴィーラにもビアンカにも見向きしなくなってくれるといい。そう願っていたのに、残酷な言葉がその希望を打ち砕く。

「い、いっそのこと、ポットのお湯を差し上げてはいかがでしょう？」

アナリタのご機嫌を取ろうと、誰かが言い出した。その言葉に他の女性たちも次々賛同する。

「そ、そうですわ。これだけお菓子を食べたんですもの。喉が渇いているはず。保温瓶に残っているお湯を全部差し上げましょうよ」

保温瓶はお湯が冷めないように工夫された瓶だ。お茶は高温で淹れたほうが美味しいため、熱湯が注ぎ込まれている。時間が経っているだろうから多少は冷めているだろうけど、それでもかなり熱いに違いない。

「それはいいわね。是非差し上げてちょうだい」

「は、はい！」

アナリタの楽しげな声に、女性たちの動揺した返事が続く。

「あつっ」

「瓶に直接さわってはだめよ。侍女が使っていたでしょう？　キルティングの……」

「重いわ。皆さん手伝って」

お湯はまだかなり熱く、量も多いらしい。地面に顔を伏せながら、エルヴィーラは冷や汗が出る思いだった。避ける？　だめだ。避けたりしたら、アナリタが許さない。もっと酷いことをさせようとするだろう。せっかく庇ったのに、またビアンカに矛先が向くかもしれない。

足音がよたよたと近付いてきて止まる。

「いい？　一、二の三でいくわよ」

大やけどを覚悟して、エルヴィーラは固く目を閉じる。

「一、二の三！」

そのときだった。

エルヴィーラの背中に大きなものが覆い被さる。

直後、お湯の流れる音がして、耳元で低い呻き声が聞こえた。その声、背中に密着する身体、かぎ慣れた汗の匂いに、エルヴィーラは自分を守ってくれた人の正体を知る。

その直後、アナリタが叫んだ。

「あなたたち、何てことをしたの!?　ウェルナーにお湯をかけるなんて！」

アナリタの声は酷く動揺していた。死神の異名を持つウェルナーからの報復を恐れたのかもしれない。他の女性たちも、怯えた声で言い返した。

「で、ですがアナリタ様だって――」

その言葉を、アナリタはわめいて遮った。

「お黙り！　あなたたちが言い出したことじゃない。わたくしは知らないわ！」

「そんな！」

アナリタと彼女の取り巻きたちとの間で交わされる醜いなすりつけ合いの声は、エルヴィーラの耳には届かなかった。エルヴィーラは必死に身体を捩ってウェルナーを見上げる。するとすぐ目の前に、苦痛に顔を歪めるウェルナーの姿が見える。

「ウェルナー！　大丈夫!?」

「大、丈夫、です。それより、エルヴィーラは熱湯をかぶりませんでしたか？」

ウェルナーがエルヴィーラだけに聞こえるよう小声で問うも、背中にウェルナーが乗っているため、身動きができない。エルヴィーラはそのままの体勢で返事をした。

「ええ、かぶらなかったわ。それより誰か！　はやくウェルナーの手当てを……！」

温かい滴はいくらかかかったけれど、その程度で済んだのはウェルナーが代わりにかぶってくれたからだ。

ウェルナーはエルヴィーラの上からゆっくりと起き上がる。

「急いで冷やしましょう！　井戸のほうへはやく！」

ウェルナーが退いてすぐ、エルヴィーラも起き上がる。

「ビアンカ！　侍医を呼んできて！」

「は、はい！」

ビアンカは弾かれたように走り出す。そのとき、ウェルナーの冷静な声が響いた。

「必要ありません」

「え？」

エルヴィーラとビアンカの声が重なる。

「でも……」

エルヴィーラが困惑して声をかけると、ウェルナーは姿勢を正し、先ほど苦悶の声を上げたとは思えないほど涼しげな表情をして答えた。

「上着の生地が厚かったおかげで、そんなに酷いことにはなっていません。それより」

ウェルナーは首を巡らせ、アナリタにぴたりと視線を止めた。

「我々は宰相殿に呼ばれて王宮に来たのだが、この恰好でお会いするわけにもいかない。日を改めて伺うと、宰相殿に伝えてもらいたい」

アナリタは慌てて返事をした。

「は、はい！」

先ほどの居丈高な態度とは打って変わり、妙にびくびくおどおどしている。

ウェルナーに腕を摑まれこの場を立ち去るとき、エルヴィーラは後ろ髪を引かれてビアンカを振り返った。ビアンカをアナリタのもとに置いていきたくない。けれど今のエルヴィーラにはそれができない。

エルヴィーラの葛藤に気付いたウェルナーは、顔をしかめてからエルヴィーラに告げる。

「その侍女も連れていけばいい。――いいですよね？」

ウェルナーはアナリタに顔を向けて確認を取る。アナリタは壊れた人形のようにこくこくと頷いた。

「え、ええ」

エルヴィーラはウェルナーに「ありがとう」とお礼を言うと、ビアンカに向かって手を伸ばした。ビアンカは泣きそうに顔を歪めて駆けてくる。二人が手を握り合うと、ウェルナーは再び歩き出した。

いつの間にか、レイ・ペサレージが側まで来ていた。エルヴィーラを王宮へ送り出した彼だが、ウェルナーと一緒に来たようだ。

レイは大股に歩くウェルナーの横に並び、焦った様子で話しかけた。

「急いで冷やしましょう。ここからでしたら、調理場の井戸が一番近いです」

ウェルナーはレイと視線を合わせることなく、彼の前を通り過ぎて回廊に入る。

「必要ない。それよりもはやくエルヴィーラを屋敷へ連れて帰る」

ウェルナーの断固とした口調に怒りを感じる。アナリタには落ち着いた態度で話していたけれど、怒りを押し殺していただけだったようだ。――王宮に送り出されたあと、レイがウェルナーとどんなやりとりをしていたか知る由《よし》もないエルヴィーラはそう思う。

冷たくあしらわれながらも、レイは食い下がった。

「やけどはいちはやい手当てが治りを左右します。水膨れができて、それが破れでもしたら――」

ウェルナーはレイを無視して歩き続ける。

小走りについていくエルヴィーラは、回廊の角を曲がるときにウェルナーの横顔をちらりと垣間見た。

その瞬間、エルヴィーラはウェルナーの手を振りほどき、ウェルナーたちの前に出て走り出した。

「井戸は通用門の側にもあります！　急ぎましょう！」

ウェルナーが声を上げた。

「エルヴィーラ様、勝手なことは――」

「そんなことを言っている場合ではありません！　さあはやく！」

ウェルナーとレイが驚きに目を瞠《みは》ったけれど、前を走ることに懸命なエルヴィーラはそのことに気付かなかった。

通用門側の井戸は、詰め所の裏の目立たない場所にある。通用門を守る衛兵に断って井戸の傍らまで行くと、エルヴィーラは勢いよく振り返った。

「レイ、どうやって手当てをすればいいのです？」

「上着の上からそっと水をかけます。患部に直接当てないように、項の下辺りから……」

レイの声は動揺していたようだったが、ウェルナーの手当てをすることしか頭にないエルヴィーラはそのことに気付かない。

ビアンカは、エルヴィーラがレイに訊ねるより前に井戸に飛びついて、桶を井戸に落として水を汲み始めていた。それをちらりと確認したあと、離れたところで佇むウェルナーに走り寄った。

「ウェルナー、はやく井戸の側に」

ウェルナーは手当てを拒んだ。

「エルヴィーラ様、先ほどのことからわかるように、今の王宮は貴女にとって危険な場所です。一刻もはやく王宮から立ち去るべきです」

そう言って、エルヴィーラの手から自らの腕を引き抜こうとする。エルヴィーラはその腕をぐっと摑んだ。

「わたくしのことより自分のことを大事にして！　今のあなたは元帥なのでしょう？　そのことをしっかり自覚してください」

きつい口調で言い聞かせると、ウェルナーのみならずレイも息を呑んだ。

その後、レイがいいと言うまでウェルナーの背中を冷やし、それから馬車に乗って屋敷に戻った。

王宮の井戸端でしばらく背中に水をかけたあと、馬車に乗って屋敷に戻った。

馬で先に帰ってきていたレイが、馬車から降りるウェルナーに手を貸しながら訊ねる。

「寝室に薬と包帯を用意させました。その前にもう一度水で冷やしますか？」

「いらない。痛みは引いた」

ウェルナーの口調はいつもと変わりはない。だからこそ、やけどの程度を全く察することができなくて、エルヴィーラは心配でたまらなかった。

ウェルナーに続いて馬車から降り、レイに支えられて階段を上がるウェルナーのあとを、はらはらしながらビアンカとともについていく。

先に寝室へ入ったレイから、舌打ちが聞こえた。

「着替えと手拭いの用意を忘れていました。取りに行ってきます」

エルヴィーラの横をすり抜けて、レイは寝室を出る。

ウェルナーが上着のボタンを外そうとしているのに気付いて、エルヴィーラは彼の前に回り込んだ。指先が痛くなるのも構わず、固いボタンを必死に開けていく。上着のボタンを全部外すと、今度はシャツのボタンを外しはじめた。そのことに集中するあまり、ウェルナーとビアンカが驚いて見ているのも気付かない。

すべて外し終えると、エルヴィーラはウェルナーの後ろに回った。

「手伝うから、そっと上着を脱いで」

我に返ったビアンカが、エルヴィーラの横に立った。二人はウェルナーの上着の肩口をそれぞれ持ち上げる。水を吸ってさらに重たくなった上着を、背中に擦れないよう気を付けながら斜め下へと引き抜いた。

ビアンカに上着を任せると、エルヴィーラはシャツの肩口に手をかけた。

「痛かったら言ってちょうだい」

エルヴィーラは慎重にシャツを下ろしていく。シャツが皮膚と癒着していたらやめるつもりだったが、幸いなことにそのようなことにはなっていなかった。だが、背中を中ほどまで露わにしたとき、エルヴィーラは言わずにはいられなかった。

「何て酷い……」

背中の中心に湯をかけられたのだろう。その部分は真っ赤に変色し、皮膚が盛り上がっているようだった。その部分だけではない。背中全体が赤みを帯び、やけどが広範囲にわたっているのがはっきりとわかる。

痛ましげに眉をひそめたエルヴィーラに、ウェルナーが訊ねてきた。

「水泡はできていますか？」

背中をさっと見回し、エルヴィーラは答えた。

「見たところないようだけど……」

「なら大事ありません」

　水分で貼り付いていたシャツを取り去ったところに、レイが戻ってきた。

「手拭いをください」

　エルヴィーラが言うと、レイはすぐに手拭いを渡した。これまでにあったエルヴィーラへの反感は見当たらない。不思議に思ったけれど、それもわずかな間だけだった。エルヴィーラはすぐにウェルナーへ意識を向ける。エルヴィーラはウェルナーの背中にそっと手拭いを押し当てた。ウェルナーの肩がぴくっと上がり、身体が強ばる。

「やっぱりまだ痛いのでしょう？」

「痛くない」

「嘘。シャツを脱がせるとき、あなた身体を強ばらせていたわ。今我慢して、治りが悪くなったらどうするのです。さあ、浴室に行きましょう」

　そう言って、ウェルナーを浴室に追い立てる。

「浴槽の中にしゃがんでちょうだい」

　ウェルナーがエルヴィーラの言う通りにしている最中、濡れたシャツを持ったレイが浴室に入ってきて指示を出す。

「背中にシャツを当てて、その上から水をかけてください。先ほどと同じように、患部に直接水をかけないように」

「わかりました」

エルヴィーラはレイからシャツを受け取り、浴槽の中にしゃがんだウェルナーの背中をそれで覆った。

レイに続いて、水差しを抱えたビアンカが入ってくる。

「エルヴィーラ様、わたしがウェルナー様に水をかけましょうか？」

「いいえ、わたくしがするわ。その水差しをわたくしに」

エルヴィーラは、ビアンカから重い水差しを受け取る。

「それだけでは足りないでしょう。もっと汲んできます」

レイが身を翻して浴室から出ていくと、ビアンカも「もう一つ水差しを借りてきます」と言ってそのあとを追った。

エルヴィーラは水差しをしっかり抱え、注ぎ口を慎重に傾ける。

「痛かったらそう言ってちょうだいね」

項のすぐ下辺りに水を垂らしはじめると、シャツ全体が再び水を含んでいく。含みきれなくなった水は、浴槽の底へ落ち排水口へと流れていった。

「寒くない？」

「大丈夫です。春も半ばを過ぎましたから」

ウェルナーが深く息を吐き、肩から力を抜く。痛みが軽くなったのだろう。ほっとしたのも束の間のこと。エルヴィーラはすぐに自責の念にとらわれた。

エルヴィーラのせいだ。ウェルナーがこんなやけどを負ったのは。エルヴィーラが湯を避けようとしなかったから、ウェルナーはエルヴィーラを庇って……。

か細い声が、口から零れ落ちた。

「ごめんなさい。わたくしのせいで……」

エルヴィーラの謝罪に、ウェルナーは淡々と答えた。

「貴女に湯がかからなくてよかった。柔肌を持つ貴女が薄手のドレスの上から湯をかぶっていたら、この程度では済まなかったでしょう」

その言葉に、目頭が熱くなった。

彼の優しさが胸に痛い。貶めたいほどに嫌っていたのではないの？　弄んで穢したかったのではないの？　人形に見立てて遊びたかっただけではないの？

遊んでいるうちにエルヴィーラを嫌う気持ちが薄れたのかもしれないけれど、だからといってただの人形を守るために、大怪我を負うなんてことがあるだろうか。

ウェルナーは平気そうに言うけれど、やけどがどれほど酷いものかは、彼を見ていればわかる。強ばった背中。ほんの少し患部に触れるだけで動揺する肩。痛みをこらえて押し殺した吐息。

そんな彼を見ていると胸に込み上げてくるものがある。一度は完全に失われた、かつての恋心が。

でも、それを伝えることはできない。

エルヴィーラは溢れそうな想いを胸にぎゅっと仕舞い込んで、涙に震える声で言った。

「……守ってくれて、ありがとう」

ウェルナーは何も言わず、小さく頷いた。

ウェルナーの背中にしばらく水をかけたあと、レイやビアンカと協力して背中に薬を塗り、包帯を巻いた。

「もう結構です。あなた方は濡れた服を着替えてください。パオラに着替えを用意させています」

レイに促されて廊下に出ると、何度か見かけたことのある中年の女性が待っていた。エルヴィーラを見ると黙って隣の部屋に入る。エルヴィーラとビアンカは、彼女——パオラについていった。

その部屋は扉が一つだけの小さな客室で、隅に一人用の寝台が置かれていた。寝台の上には二着の服が並んでいる。パオラはそのうちの質素なドレスのほうを手に取ってビアンカに差し出した。

「あんたは使用人だっていうから、あたしのお古を持ってきたよ。それでよかったかい？」

「はい。ありがとうございます」

パオラとビアンカの横で、エルヴィーラはもう一着のドレスを見て困惑した声を上げた。

「このドレスは……」

「ああ、それは旦那様が用意させたものさ。ありがたく着るんだね」

パオラはそう言って部屋を出ていく。

柔らかな手触りの室内着だった。この屋敷では裸でベッドにいるか、王宮に行くのにふさわしい外出着を着せられるかくらいだったので、こんな服まで用意されていたことに驚いた。

エルヴィーラにもわかる。これが恐ろしく上質で高価なものだということは。

今のわたくしには、こんな服はふさわしくない……。

エルヴィーラの考えに気付いたのか、ビアンカが声をかけてきた。

「濡れたままでいては風邪をひきます。あとでウェルナー様のご意向をお伺いすることにして、今はご厚意に甘えましょう」

あとから別室で……と遠慮するビアンカを説得して一緒に着替えた。ビアンカは侍女としてエルヴィーラが先にドレスを脱ぐことだけは譲らず、背中の紐を自分で緩めることができないのもあって、エルヴィーラは彼女の言葉に甘えることにする。

下着を乾いたものに替えたところで、エルヴィーラは遠慮がちに訊ねた。

「いつから、アナリタ様にお仕えすることになったの？」

ビアンカは自身のドレスのボタンを外す手を止め、悲しげに微笑んだ。

「……クーデターの翌日からです。アナリタ様が王宮に来られて、今日からご自分が王宮の女主人だと宣言なさって……。わたしは『お情けで王宮に置いてやるから、わたくしに仕えなさい』と言われました。その命に逆らうこともできず……」

「そう、だったの……」

少しでも考えればわかることだった。身分の低いビアンカは、身分の高いアナリタに従うしかない。なのに、エルヴィーラはそのことに気付かず、ビアンカにも見捨てられたと思い込んで自暴自棄になったりして。

エルヴィーラは優美な室内着を身にまといながら、息をついていた。ビアンカに裏切られたと思ったことがよっぽどこたえていたのだろう。

ビアンカは泣きそうにくしゃっと顔を歪めた。

「アナリタ様の後ろに立つわたしを見たエルヴィーラ様のショックを受けたようなお顔を拝見して、自分のしていることがエルヴィーラ様に対する裏切りに等しいことに気付いたんです。申し訳なくて、エルヴィーラ様に顔向けできませんでした」

ビアンカは目尻に涙を浮かべて俯く。それでビアンカは顔を背けたのか。すぼんだ肩にそっと手を置いて、エルヴィーラは優しく話しかけた。

「ええ。本当にショックだったの。あなただけはわたくしの味方だと思っていたから。でも、だからこそあなたのことを信じなくてはいけなかったわ。今まで辛い思いをさせてしまってごめんなさい。ウェルナーにあなたを助けてもらえてよかったわ」

「はい……」

ビアンカの無理しているような笑顔に気が付いて、エルヴィーラは心配になった。

「どうしたの？」

ビアンカは、ぽつぽつと話しはじめた。

「わたしだけじゃないんです。アナリタ様に寝返ったご夫人方のような人たちもいますが、それ以外の、エルヴィーラ様に協力していた人たちがいじめの的になっていて……。以前のように、いつヘマをして処刑されるかといった恐怖はないのですが、クーデターに加わった人たちが、それ以外の人たちを冷遇することがあとを絶たないんです。宰相殿がそうした差別を当然のように行うので、あの人たちは余計に図に乗るんだと思います」

自分だけが助けられたことに、負い目を感じているのだろう。

エルヴィーラも同じ気持ちだった。自由はないものの、ウェルナーに保護されて、安全と言える生活を送っている。

苦労を分かち合った者たちの苦境を聞いて辛かったけれど、エルヴィーラはこう言うしかなかった。

「今のわたくしにはどうすることもできないから……」

ビアンカははっとしたように表情を強ばらせると、すぐに取り繕うような笑みを浮かべた。

「すみません。勝手に話したりして。その……忘れてくださいね」


——わたくしにはどうすることもできない。

そうビアンカに言ったものの、エルヴィーラはまだ一つできることがあると薄々気付いていた。

ウェルナーにお願いすれば、他の皆にも気を配ってもらえるかもしれない。元帥になったウェルナーの影響力は大きいはずだ。

ただ、今のエルヴィーラはウェルナーに頼みごとをできる立場にない。彼の所有物であり、従うべきはエルヴィーラのほうだ。

だからといって、王女であったときに協力してくれた者たちを見捨てるの？　断られるかもしれなくても、頼んでみるべきではないの？

なのに、エルヴィーラはそれができずにいる。——怖いからだ。見返りに新たな要求を突きつけられるだけならともかく、ウェルナーを怒らせ、あげくに捨てられるのが。

恋心が再燃する前ならば、すぐにでも頼んだかもしれない。でも今は、ウェルナーとの関わりが切れることを恐れて切り出せずにいる。

　何て自分勝手で浅ましいのだろう。そんな自分がエルヴィーラは嫌でたまらなかった。


　王宮に行った日から五日が経った。

　エルヴィーラは、ウェルナーの背に薬を塗り広げながら訊ねた。

「痛くない？」

「痛くないです」

　そっけない答えが返ってくる。そこにはわずかな躊躇もなければ、痕に触れたときに痛みで身体を強ばらせることもなかった。まだうっすらと赤みを帯びているけれど、痛みは完全に引いたようだ。

　とろみのある傷薬をたっぷりと塗ったあと、その部分を清潔な布で覆い、布が外れてしまわないように包帯を巻く。腹部の辺りならともかく、逞しい胸板の部分は一人ではうまく巻くことができない。ビアンカと協力しながら、簡単にずれてしまわないようしっかりと巻く。

　ウェルナーがやけどを負った翌日、レイが手当てをしようとしていたが、エルヴィーラが「わたくしの責任だから」と言うと、すんなり代わってくれた。

　レイのエルヴィーラに対する態度が変わったように思っていたが、気のせいではなかったようだ。同じ人《ウェルナー》を心配することで仲間だと思ってくれるようになったのだろうか。親しく言葉を交わすまでには至っていないので聞けずにいる。

汚れた包帯や当て布、薬の入った瓶などをかごに詰めて、ビアンカは扉に向かった。

「これを置いてきて、替えのシーツを持ってきますね」

「ええ。お願い」

「すぐ戻ってきます」

そう言って、ビアンカは寝室を出る。

薬がシーツについているのを見つけたので、取り替えようという話になったのだ。

ウェルナーの背中に障《さわ》るといけないので、エルヴィーラは別室を用意してもらってそこで休んでいる。だから実際に見たわけではないが、包帯から染み出た薬がシーツを汚したということは、昨夜は仰向けで眠れたようだ。やけどが順調に治っていることは嬉しい。けれど、完治したらクーデター派に差別されている人々のことを頼まないわけにはいかない。エルヴィーラの心は二つの思いに揺れ動く。

その思いを振り切って、エルヴィーラはウェルナーに向かってシャツを広げる。そうすると、彼は一方の袖に腕を通してから、エルヴィーラに背を向けてもう一方の袖に腕を通す。エルヴィーラが背後から襟を整えているうちに、ウェルナーは自分でボタンを留めるのが常だ。

彼はこれから陛下へ行き、部下から報告を受けたり指示を出したりする。元帥になったからには、軍の重要な報告がウェルナーのところに集まり、その報告を元にさまざまな指示を出さなければならない。

部隊を連勝に導いたウェルナーなら、軍全体の指揮も立派にこなすだろう。

元帥の子として生まれながらもその恩恵にあずかることなく、むしろそのことが足かせとなって、ウェルナーには度重なる苦難が襲いかかった。しかし彼は、それらの苦難を見事乗り越えて、とうとう元帥にまで昇り詰めた。

それに比べてエルヴィーラは……。

またもや暗い考えに陥りそうになり、エルヴィーラは慌ててベッドのほうを向いた。ウェルナーに背を向けたまま、努めて明るく言う。

「あなたが下に行っている間に、シーツの交換と掃除も済ませておきますね」

今はウェルナーの世話をすることがエルヴィーラの務めだ。自分にそう言い聞かせて、シーツを寝台からはがそうとする。そのために腰を屈めるとすぐに、背中にずっしりと重みがかかった。

「ウェルナー!?」

背中に当たる温かなものは、ウェルナーの胸板に違いない。そもそも、今寝室には二人しかいない。

驚いてウェルナーの下から抜け出ようとしたが、それを見越したように彼はエルヴィーラを抱きしめてくる。大きくて硬い手のひらが、エルヴィーラの胸をシンプルなドレスの上から揉みしだく。彼が何をしようとしているか察して、エルヴィーラはもがいて拘束から逃れようとした。

「やっ、やめて……！　ビアンカがすぐに戻ってくると」

「貴女は誰のものだ？　俺のものでしょう？」

独占欲を感じさせるような言葉を耳元に吹き込まれ、胸がきゅんと疼く。

ウェルナーは本当にエルヴィーラのことが好きなのだろうか。以前言われたときは信じ難かったけれど、今はそうだったらいいのにと期待してしまう。

だが、今はそんなことを考えている場合じゃない。

ウェルナーの腕に手をかけて引きはがそうとしながら、エルヴィーラは懸命に訴えた。

「わかっています。わかっていますけど、ビアンカに見られでもしたら」

「恥ずかしがることはないでしょう。彼女だってあの乱れた王宮の侍女だったんだ。主人がしていることを察して、そっとしておくくらいの気は回しますよ」

「ですがやけどが」

「もう痛くない」

そういえば、さっき確認したところだった。

エルヴィーラは必死に他の言い訳を探す。

「で、でも！　陛下でお務めが……！」

「レイがいるから問題ない。元帥の仕事なんて、平時は報告を聞いたり書類にサインしたりするくらいだ」

「えっ——ちょ、ちょっと……！」

驚いて気が逸れた隙に、ウェルナーはドレスの前ボタンを開けてしまう。

「よっぽどのことがない限り、元帥は現場に赴かない。元帥が暇なほうが、国が平和だという証拠になるんだ」

「そういうものなのですか？　——！　だからちょっと待って……っ！」

エルヴィーラの抵抗は間に合わず、ウェルナーの手が下着と一緒にドレスの身頃を引き下げてしまう。一層丸みを帯びてきた二つの乳房が、身頃からぷりんと飛び出る。エルヴィーラは慌てて身頃を引き上げようとしたが、二の腕と肘辺りに衣服が絡まって、拘束されているかのように身動きが困難になってしまっていた。それをいいことに、ウェルナーは一方の手で胸を揉みしだき、もう一方の手でエルヴィーラのスカートをまくり上げる。ドロワーズも引き下げられ、エルヴィーラは慌てた。

「待って！　今は駄目——あっ、あんっ」

露わになった張りのあるお尻を、ウェルナーの大きな手に撫でられ、思わず甘い啼き声を上げてしまう。

「貴女の侍女に知られたくなかったんじゃないですか？」

ウェルナーの手が脚の間に分け入ってくる。

「あ、あなたがこんなことをするから——あ、や……んっ」

硬い指先に蜜口をぐるりとなぞられ、エルヴィーラはたまらず喘いだ。

背中に覆い被さったままのウェルナーは、エルヴィーラの耳元に意地悪く囁いた。

「待てと言う割に、ここはすっかり濡れているようだ。——ほら」

指先が蜜口をかき混ぜ、わざといやらしい水音を立てる。ほんのわずかな愛撫だけで蜜を溢れさせてしまった自分が恥ずかしく、エルヴィーラは羞恥に身を硬くする。そんな彼女を、ウェルナーは甘い声で誘惑した。

「貴女ももうこんなになっていることだし、はやく済ませてしまえば侍女にも気付かれないのでは？」

階下にかごを置いてシーツを持って上がってくるだけだから、とっくに戻ってきていてもおかしくない。なのに、悦楽に頭が支配されつつあるエルヴィーラの判断能力は鈍ってしまっていた。

「五日も貴女を抱いていない。もう我慢できないんだ」

その一言が最後の一押しになった。エルヴィーラは火を噴きそうなくらい顔を真っ赤にしたあと、か細い声で告げた。

「鍵だけは……お願い……」

「わかった」

そう答えると、ウェルナーはエルヴィーラから離れて二つの扉の鍵を閉めに行く。

その間に、エルヴィーラはドレスの身頃を上げようともがいた。けれど、慌てているせいでなかなか思うようにいかない。その間にウェルナーは戻ってきてしまった。

「……何をしてるんです？」

ウェルナーは冷ややかなまなざしでエルヴィーラを見つめる。エルヴィーラは背中を丸め、あまり自由にならない手で両胸を隠した。

「ぬ……脱ぐためには、一度着直して頭から抜かなくてはならないから……」

恥を忍んで説明する。するとウェルナーは目をしばたたかせ、それから愉快そうな笑みを浮かべた。

「そのままでいい」

「え？　でも……」

汚れたら困ると思っているうちに、ウェルナーはエルヴィーラの上体を寝台に俯せにする。脚は寝台の外に投げ出されていたが膝は床につかず、両腕とつま先で身体を支えるという不自然な体勢になってしまった。ウェルナーは、そんなエルヴィーラの腰を高く持ち上げて、両足の裏を床につけさせる。

「これは脱いだほうがいいな」

ウェルナーはそう言うと、腿にまとわりついていたドロワーズをさらに下げ、エルヴィーラの脚を片方ずつ上げさせて抜き去った。そして再び秘裂に手を差し込んでくる。

ウェルナーの指先が、蜜口から淫芽へ向けて割れ目をなぞった。ぬめりをまとった指に淫芽を擦られ、エルヴィーラはびくっと身体を震わせる。

「……ん、くっ」

鍵を閉めてもらったとはいえ、ビアンカが扉の側まで来ていたら声を聞かれてしまう。

背後から小さな笑い声が聞こえた。

「声を聞かれないように我慢してるんですか？　ではやく済ませてしまいましょう」

簡単に済まされてしまうのは嫌——そんな気持ちが湧き上がり、エルヴィーラはうろたえる。それでは、まるでウェルナーに愛されたいと言っているようではないか。

自分の心の変わりようについていけないうちに、ウェルナーの指が蜜壷に入ってくる。

「ん……う」

思わぬきつさを感じ、エルヴィーラは呻き声を漏らす。

ウェルナーは少し指をくねらせながら、じりじりと沈めていった。

「ああ、すっかり狭くなっているようだ。抱かれているときの貴女は奔放なまでに淫らなのに、ここはまだ貞淑さを失っていないらしい」

久しぶりのせいだろうか。こじ開けるように入ってくる太くて硬い指の感触に膣内がうねり、身体が勝手にびくびくと震える。

「んっ、あ、そういうこと、言わないで……！」

そんな言われ方をされては、貞淑という言葉も嬉しくない。それを言うのが、エルヴィーラを淫らにする張本人だからこそなおさらに。

羞恥に悶えるエルヴィーラをいたぶるように、ウェルナーは意地悪く言った。

「貞淑と言われるのが嫌なんですか？　そうですね。貴女はもう貞淑とはほど遠い。その証拠に、ほら」

根元まで入り込んだウェルナーの指が、蜜壷を押し拡げるようにぐるりと円を描く。

「んぁっ！　ああ……！」

エルヴィーラは、寝台に突っ伏していた頭を仰け反らせて嬌声を上げる。

もう他のことなど考えられなかった。戻ってくるはずのビアンカのことも、階下で待っているだろうウェルナーの部下たちのことも。

こんな自分が貞淑なわけがない。強引に純潔を奪い淫らな身体に作り替えた相手を、未だ想い欲しがる自分なんて。

今も、新たな刺激を求めて蜜壷がひくつき、埋められた指を貪欲に食んでいる。恥ずかしくてたまらないのに止められず、それどころか物足りなくて腰が勝手に揺れてしまう。

指が二本に増やされ、ばらばらに動き出す。溢れてきた蜜が内部でかき混ぜられ、くちゅくちゅといやらしい音を奏ではじめた。内部のぬめりが増すと、感度はますます上がり、甘い痺れが全身に広がっていく。

「んぅ、うっ、あ……ふ……っ」

エルヴィーラは再び寝台に突っ伏し、顔を横に向けて喘いだ。その耳元にウェルナーは唇を寄せ、残酷に囁く。

「ちょっと愛撫しただけで、もう準備万端だ。嬉しい限りですよ。貴女をこのような身体にしたのが俺だと思うと悦びにぞくぞくします。――さあ、俺ももう限界だ」

「ひぃん……っ」

秘部に埋められていた指を勢いよく抜かれ、エルヴィーラは小さな悲鳴を上げる。ウェルナーは身体を起こしてエルヴィーラの腰を掴むと、硬く滾った雄芯を背後から一気に衝き入れた。

「ひっあぁぁ――！」

待ち望んでいたもので胎内を埋められ、エルヴィーラは耐えきれずに小さく達してしまう。びくびくと身体を揺らすと、頭上から少し苦しげな笑い声が聞こえてきた。

「もう達してしまったんですか？　はやすぎますよ。まだこれからだというのに」

絶頂に引き絞られた蜜壷を、ウェルナーの雄芯は強引に突き進む。絶頂の余韻が続く最中《さなか》に奥を突かれ、エルヴィーラは苦しい喘ぎの合間に懇願した。

「んぁっ、あっ、ま、待ってっ、まだ――っ」

「大丈夫、すぐ、よくなる……ッ」

息を上げながら、ウェルナーは答える。

彼の言う通り、エルヴィーラの胎内はこじ開けられる強い刺激に溶かされて、再び柔らかくうねり出す。

恥ずかしいけれど、快楽には勝てない。激しく擦り立てられる蜜壷から生まれる甘美な痺れに身も心も委ねようとする。

けれど、エルヴィーラは快楽に没頭することはできなかった。

着衣に拘束されるように身動きを制限され、尻を高く持ち上げられて恥ずかしい恰好で男性の雄の部分を受け入れている。寝台に上体を伏しているしかないこの恰好では、ウェルナーの顔が見えない。ウェルナーもエルヴィーラの顔はまともに見えていないだろう。ウェルナーはこんなふうにするのが好きなのだろうか。ならば、相手はエルヴィーラでなくてもいいのではないだろうか。

実際、その通りなのだろう。ウェルナーはエルヴィーラを貶めるために抱いた。単なる欲望のはけ口として都合がいいからに違いない。その証拠に、ウェルナーはエルヴィーラを言葉と快楽でいたぶり続ける。自暴自棄から自分を取り戻し、ウェルナーに誠心誠意尽くすエルヴィーラを。

わかっていたことなのに悲しくて心が張り裂けそうなのは、彼への恋心を再び自覚してしまったせいだろうか。

情けないことに、エルヴィーラの訴えは涙声になった。

「嫌……こんなのは嫌……っ」

激しく揺さぶられながら、エルヴィーラはか細い声でもう一度繰り返す。

何度目かの突き上げのあとそれに気付いたウェルナーが、背中に覆い被さるようにしてエルヴィーラの口元に顔を近付けてきた。

「嫌？　何が嫌なんです？　ここはこんなにも蜜を垂れ流して悦んでいるのに」

そう言っていやらしく腰を回す。蜜壷をぐりんとかき混ぜられて、二人の結合部はグチュンと卑猥な音を立てた。

エルヴィーラは奥歯を嚙みしめて快楽をやり過ごすと、嗚咽交じりに懇願した。

「こんな抱かれ方は嫌なの……。ちゃんと向き合いたい……あなたが抱いているのはわたくしだと、ちゃんとわかって……」

最後のほうの声は、かき消えてしまいそうなくらい小さくなった。こんな本心を打ち明けて何になるというのだろう。ウェルナーはエルヴィーラのことが好きじゃない。もし意地悪をするためにこれからこんな抱き方ばかりされたらどうするの？

　自分が口にしてしまったことに怯えて、エルヴィーラはシーツに顔を伏せる。

　ほんの数瞬、しかし気が遠くなるような沈黙ののち、大きな手がエルヴィーラの頭を撫でた。

「俺が貴女を誰かの身代わりにしているとでも思ったんですか？　そんなことあるわけがない。俺は貴女に夢中なんです。もう貴女以外の誰も抱けない。貴女だけなんです、エルヴィーラ」

「え……？」

　エルヴィーラは懸命に身を捩って振り向く。すると顎に手がかかり、口づけられた。ついばむように数度触れたあと、わずかに唇を離し、ウェルナーは言う。

「貴女が許してくれるなら、しばらくの間寝室にこもっていたいな。五日も貴女を抱けなかったから、貴女が足りなくて飢えてるんです」

　あからさまな欲望のこもった言葉に、エルヴィーラは頬を染める。が、ビアンカや階下の人々のことを思い出して、エルヴィーラは慌てて言った。

「だ、駄目っ。元帥の務めをおろそかにしてはいけないわ……。それに、わたくしもしなくてはならないことがあるし……」

「最近、屋敷の雑事を引き受けているそうですね。――わかりました。急いで済ませてしまいましょう。その代わり、夜は容赦しませんよ」

以前の激しい交わりを思い出して、エルヴィーラの身体が疼き出す。胎内で未だ熱く脈打つ彼の雄芯を、エルヴィーラは意図せずぎゅっと締め付けてしまった。それを合図にしたかのように、ウェルナーはゆるゆると腰を動かしはじめる。

「今夜からまた、貴女は俺とここで寝るんです。——覚悟しておいてくださいね」

話し終えると、ウェルナーは身体を起こしてエルヴィーラの腰を抱え直し、蜜壷を穿ちはじめる。

エルヴィーラは今度は快楽に身を委ねることができた。愛されているわけではないのだろうけど、少なくともウェルナーはエルヴィーラを欲しがってくれている。エルヴィーラだとわかって抱いている。

穿たれはじめた蜜壷は熱を帯び、身体には再び快楽の火が点く。

「ん、あ、あ、あぁ……」

エルヴィーラの唇から喘ぎ声が零れ出す。身体の奥底から新たな蜜が湧き出て、ウェルナーの逞しい雄芯によって掻き出され、二人が繋がり合った部分をしとどに濡らす。

「エルヴィーラ……ああ、エルヴィーラ……ッ」

名前を繰り返し呼ばれ、エルヴィーラは舞い上がるような高揚感を覚える。

「ああっ、ウェルナー、ウェルナー……！」

譫言《うわごと》のように名を呼べば、ウェルナーは箍《たが》が外れたようにがむしゃらに腰を打ち付けてくる。乱暴ともいえるその激しさが、エルヴィーラには嬉しい。求められている歓びに身も心も打ち震わせながら、エルヴィーラは快楽の階段を駆け上がっていった。

終わってすぐ、エルヴィーラは服を整え部屋を出た。シーツを持ってくると言っていたはずのビアンカの姿はない。ほっとしつつ階下におりていく最中、シーツを抱えたビアンカと行き合った。

「お、遅くなりまして……」

赤い顔と動揺ぶりからして、さっきまでエルヴィーラが何をしていたか気付いているに違いない。

気まずくて、エルヴィーラは目を逸らした。

「……軽蔑した？」

「え？　何のことですか？」

驚くビアンカに、エルヴィーラはしどろもどろで言った。

「わたくし、ウェルナーと……」

それ以上は恥ずかしくて言えなかった。そんなエルヴィーラの耳に明るい声が届く。

「エルヴィーラ様を軽蔑するわけないじゃないですか。どんないきさつがあったか知りませんけど、よかったと思ってます」

「え……？」

驚いてビアンカを見ると、ビアンカは温かな目でエルヴィーラを見つめていた。

「だって、お好きなんでしょう？　ウェルナー様のことが」

そういえば、ビアンカにはエルヴィーラの恋心を気付かれているのだった。

「でも、ウェルナーはお父様とパスクァーレを……」

「そんなことを気にしてるんですか？　ウェルナー様はむしろ、あの二人からエルヴィーラ様を救い出してくださったんじゃありませんか。お身内のエルヴィーラ様に言うことではないかもしれませんが、国王陛下と王太子殿下のせいで、エルヴィーラ様はどれだけ辛い思いをなさいましたか？　お二人がいる限り、エルヴィーラ様はきっと幸せになれなかったです。ウェルナー様もエルヴィーラ様のことがお好きなご様子。好き合ったお二人が結ばれることは祝福こそすれ、軽蔑なんていたしませんよ。今まで苦労した分、エルヴィーラ様は幸せになるべきです」

力説するビアンカに、エルヴィーラはぎこちない笑みを見せることしかできなかった。

「シーツ替えはわたし一人で行ってきますね。エルヴィーラ様が行くとまたウェルナー様に捕まっちゃいますから」

ビアンカはそそくさと階段を上がっていく。それを見送りながらエルヴィーラは思った。

ウェルナーがエルヴィーラを好きなんてこと、あるわけがない。

心を真っ黒に染め上げたあの言葉は忘れられない。

——貴女を王女という高みから引きずり下ろしたかったんです。そして俺の欲望で貴女を穢したかった。

この言葉が、エルヴィーラに現実を思い出させる。ウェルナーはエルヴィーラを嫌っているはずだ。だから、どんなに可愛がられ大事にされても、それに甘えることはできない。完全に心を許してしまえば、捨てられたとき、今度こそエルヴィーラは壊れてしまう。

いいえ、もう手遅れかもしれない——エルヴィーラの心が絶望に染まっていく。

今すでに、ウェルナーとの別れを恐れている。捨てられたらどうしようと心の片隅で怯えている。ウェルナーにたった一つの願いが言えないほどに。

今このときにも、差別され苦しめられている人々がいる。なのに、ウェルナーとの関係が壊れるのが怖くて言い出せない。

父国王には躊躇うことなく言えたのに。

ごめんなさい、もう少しだけ……。

エルヴィーラは弱い自分を恥じながら、心の中で謝った。

第五章　死神が跪くとき

　ビアンカがウェルナーの屋敷に来て早十日。彼女は使用人としてパオラの指揮下で働くことになった。掃除洗濯食事の下拵《したごしら》えなど、王宮で侍女をしていたときよりはるかに重労働だが、ビアンカは楽しそうにせっせと働いている。

　エルヴィーラも、寝室に閉じこめられっぱなしということはなくなった。建物から出るなとは言われているけれど、屋敷の中を自由に歩き回れる。とはいえエルヴィーラがいるのはもっぱら、二人で使う寝室隣の居室だ。そこでパオラに回してもらった縫い物などの簡単な仕事をしながら過ごしていた。屋敷の中を歩き回っても怒られないが、ウェルナーはエルヴィーラが寝室かこの居室に留まることを望んでいると感じている。エルヴィーラも他の人たちとあまり顔を合わせたくないので、必要がない限り他の場所には行かない。

　午後も半ばに差し掛かったころ、窓から差し込む光を頼りに繕い物をしていると、扉越しにビアンカの声が聞こえてきた。

「エルヴィーラ様、お茶とお菓子をお持ちしました」

縫い物を傍らの机に置いて、エルヴィーラは急いで立ち上がる。

「ありがとう。今扉を開けるわね」

扉を開けると、トレイで両手が塞がっているビアンカが入ってくる。トレイの上には、お茶のポットにクッキーの盛られた皿、カップと取り皿が三つずつ載っていた。エルヴィーラにお茶を運んでくるついでに、ビアンカも休憩を取るという習慣がすでに定着している。一つはあとから来るであろう人のためのものだ。

中央のテーブルにトレイを置くと、ビアンカはさっそくお茶を淹れる。向かい合わせの席に座ると、喉の渇きを癒し小腹を満たしながら、雑談に花を咲かせた。

「そういえば思ったのだけど、アナリタ様といらしたあの方たちは、家のためにアナリタ様の取り巻きにならなくてはならなかったのではないのかしら？」

ビアンカは呆れてため息をついた。

「エルヴィーラ様はつくづくお人がよろしいですね。あの方たちはご機嫌取りのためにエルヴィーラ様に協力していただけです。エルヴィーラ様と一緒に街の人たちの前に出なかったのは、下々の者の側に寄るのは汚《けが》らわしいと思っていたからでしょう。エルヴィーラ様は気付いてらっしゃらなかったようですけど、あの人たちがわたしを見る目は、最初からゴミでも見ているようだったんですもの」

憤慨するビアンカを見て、エルヴィーラは申し訳なくなった。

「嫌な思いをさせてしまってごめんなさい。わたくし、本当に何も見えてなかったのね」

王宮で生まれ育ちながらも、ビアンカの身分は平民だ。それではさぞかし肩身が狭かっただろう。

謝るエルヴィーラに、ビアンカは慌てて胸の前で手を振った。

「いいえ、エルヴィーラ様が悪いんじゃないんです。悪いのはあの方たちの根性ですわ。クーデターがあった翌日には、もうアナリタ様になびいてたんです。自分たちから申し出たくせに、エルヴィーラ様に命じられたから仕方なく従ってたんですとか何とか言ってすり寄って、端で見てて反吐《へど》が出そうでしたわ――って、汚い言葉を使ってすみません」

育ちのいいビアンカは、申し訳なさそうに肩をすぼめる。「いいのよ」とエルヴィーラが声をかけると、気を取り直して話を続けた。

「ともかく、あの方たちに同情しないでください。あの日だって、ポットのお湯をかけようなんて、よくも残酷なことを思いついたものです。エルヴィーラ様がかぶっていたらと思うとぞっとします。ウェルナー様が駆けつけてくださって本当によかったです。――ウェルナー様といえば、もうすっかり怪我は治られたようですね？」

含みのある笑みを向けられ、エルヴィーラはぽっと頬を染める。

やけどがすっかり癒えたウェルナーは、エルヴィーラが別の寝室で休むことを許さなかった。前ほど執拗に求められることはなくなったけれど、明らかに情事の跡の残るシーツをビアンカに洗われていると思うと恥ずかしくて居たたまれない。

「え、ええ……」

返事をしながら俯くと、ビアンカは明るい声で言った。

「恥ずかしがることなんてないですよ。幸せそうで何よりです。今はお忙しそうですけど、諸々落ち着いたらきっとちゃんとしてくださいますよ」

そのとき、扉がノックされる音がした。

「は、はいっ」

話題が話題だったので、エルヴィーラは驚きすぎて声をうわずらせてしまう。

返事を待って入ってきたのは、やはりウェルナーだった。ビアンカと休憩を取っているところに必ず現れて、一緒に休憩を取る。これもすっかり習慣になっていて、そのためビアンカは休憩の際にウェルナーの分のカップも持ってくる。

扉を閉め、大股に歩いてくるウェルナーに目を向けながら、エルヴィーラはどきどきと胸が騒ぎ出すのを感じていた。今の話、聞こえていただろうか。ノックのタイミングがよすぎたし、足音が近付いてくる気配もなかったし。

けれど、ウェルナーは何も言わずにエルヴィーラの隣に腰掛けた。がっかりする自分に、エルヴィーラは内心慌てた。何を期待していたの？　ビアンカが言ったことを肯定してくれるのではないかって？　自分はよほど懲りない性質らしい。何度期待して失望すれば気が済むのか。

ビアンカがウェルナーのお茶を淹れている間に、エルヴィーラは彼のために取り分けておいた焼き菓子を目の前に置いた。

「どうぞ」

けれどウェルナーはじっと菓子を見つめるだけで手をつけようとしない。割と大食漢で出されたものは何でもすぐ食べる彼にしては珍しい。

不思議に思っているうちに、手際よくお茶を淹れたビアンカが、ウェルナーの前にティーカップを置いた。

「それではわたしはこれで失礼しますね。食器は後ほど片づけに参ります」

「え？　でもビアンカ、あなたお茶がまだ――」

ビアンカがトレイに載せるのは、焼き菓子がすっかりなくなった皿に、空のティーカップだ。いつの間に、とエルヴィーラはあっけに取られてしまう。

「それではごゆるりとお過ごしください」

ビアンカは丁寧に挨拶すると、トレイを持って出ていく。扉を閉めるときにビアンカが思わせぶりな目配せを送ってきて、エルヴィーラはほんのり頬を染める。気を利かせてくれたのはわかるけれど、お膳立てされると妙に居心地が悪い。

エルヴィーラは何とか間を持たせようと、もう一度ウェルナーに菓子を勧めた。

「ど、どうぞ……？」

落ち着かない気分で、自分も食べようと皿に残っていた焼き菓子を手に取ると、ウェルナーは何故か食い入るようにエルヴィーラの手元を見た。

エルヴィーラは戸惑いながら訊ねる。

「こちらを召し上がりたいのですか？」

「……ああ」

そんな返事が来るとは思わなかった。ウェルナーの皿にも、エルヴィーラのものと同じ種類の焼き菓子が多めに載っているのに、何故エルヴィーラの皿にある菓子が食べたいのか、訳がわからない。

困惑しながらも菓子を皿に戻して渡そうとすると、ウェルナーがいきなりエルヴィーラの手を掴んで、自分の口元へ運んだ。そしてエルヴィーラが摘んでいる焼き菓子を口に含む。

「え……!?」

エルヴィーラは驚いて、菓子と一緒に口に含まれた指を引き抜いた。ウェルナーはエルヴィーラの手を離すと、舌の上で転がすようにじっくりと菓子を味わう。そしてごくんと呑み下すと、半ば放心した様子でつぶやいた。

「……美味しい」

「え……？」

エルヴィーラはまた困惑した。そんなに驚くほど美味しい菓子だっただろうか。そんなはずはない。同じような菓子は数日前にもお茶の席に並んだ。そのとき、ウェルナーは何も言わずに食べていたのに。

訳がわからなくて訊ねられずにいるエルヴィーラに、ウェルナーが微笑みかけてきた。滅多に見られない貴重な笑みだ。ぼうっとなっていると、ウェルナーは感慨深げに話しはじめた。

「昨日菓子を取り分けてくださったでしょう？　そのとき初めて、もっと食べたいという気持ちになったんです」

確かに取り分けた。ビアンカがウェルナーのお茶を淹れている間、手持ち無沙汰をしている必要はないことに気付いて。だけどエルヴィーラは戸惑った。

「え？　でもあなた、いつもたくさんの食事を平らげて……」

「空腹は感じますし、体力を維持するために必要ですから何かしら食べますが、『これが食べたい』と思ったことがなかったんです。今、貴女が摘まんだ菓子を見てすごく欲しくなって、実際食べてみたらもっと欲しくなって……。美味しいものを食べたとき、人はもっと食べたいと思うものなのでしょう？　だからこの気持ちが美味しいということなのかなと」

ウェルナーは口元をほころばせてしみじみと言う。

エルヴィーラは、衝動的にウェルナーの皿へ手を伸ばした。菓子を一つ摘まんで、それをウェルナーの口元に運ぶ。ウェルナーは首を伸ばしてエルヴィーラの指先から菓子を食べると、ゆっくり味わってから言った。

「やっぱり美味しい……美味しいって、こんなに幸せなことだったんですね」

エルヴィーラの目頭が熱くなった。

元帥にまで昇り詰めた大の大人なのに、美味しさについて何て拙《つたな》い感じ方をするのだろう。

美味しいかどうかなんて、食べてみればすぐわかることだと思っていた。でも、思い出すことがある。幼いころ、母と「美味しいね」と言い合いながら食事をした。母が美味しいと言ったものは、たいていエルヴィーラも美味しいと感じたものだ。

美味しさとは、そうやって学んでいくものだったのだ。

元帥の庶子として生まれ不遇を強いられたウェルナーは、美味しさについて学ぶ機会がなかったのだろう。二十八歳にもなって初めて美味しさを知ったウェルナーを、エルヴィーラは哀れに、そして愛しく思う。

「ええ、美味しいわね。もっと食べる？」

「はい」

大人の男性が素直に返事をするのが可笑しくて、エルヴィーラは笑いをこらえながらまた菓子を一つウェルナーの口元へ運ぶ。

咀嚼して呑み込むと、ウェルナーは穏やかな表情をして言った。

「不思議ですね。同じものを数日前にも食べたはずなのに、貴女が食べさせてくれるものだけが美味しく感じる」

「なら、普段の食事もわたくしが食べさせてあげようかしら」

ウェルナーがにやりと笑う。

「俺が貴女に食べさせて差し上げたように？」

エルヴィーラは言葉に詰まった。そのときのことは、ぼんやりとだが記憶がある。あんなふうに壊れてしまった自分を認めるのは恥ずかしいけれど、ウェルナーのことを思えばそれがいったい何だというのだろう。

エルヴィーラは笑みを湛《たた》えて答えた。

「ええ、そうね」

その様子を見てウェルナーの笑みが少し翳《かげ》った。

「何で笑っているのに泣きそうな顔をしているんですか？」

「さあ、何でかしら？　――もう一ついかが？」

そう言ってごまかし、エルヴィーラはまた一つ菓子をウェルナーの口に運んだ。

そんなふうに幸せな時を過ごしてしまうと、勘違いしてしまいそうになる。

――諸々落ち着いたらきっとちゃんとしてくださいますよ。

そんなことあるわけがないと、エルヴィーラはよく知っている。ウェルナーは自分を憎んでいて、貶めるためだけに毎夜抱いているのだから。

ウェルナーがいずれエルヴィーラに結婚を申し込むとビアンカは思っているようだが、そんな日はきっと来ない。エルヴィーラはそう自分に言い聞かせる。

レイがウェルナーを呼びに来て、休憩は終わった。

間を置かずにやってきたビアンカがテーブルを片付けて出ていくと、エルヴィーラは窓際に戻る。

椅子に座ろうとしたとき、窓の外が見えた。兵士が何人か庭を回っている。人数が日に日に増えていくようで、何だか物々しい。

元帥であるウェルナーがこの屋敷で執務を行っているからだろうか。それとも、王都のあちこちで毎日起こっている騒ぎのせいかもしれない。

ウェルナーの屋敷は街中にある。その街が今、妙に騒がしかった。毎日どこかで騒ぎが起きては、憲兵らしき者たちが鎮めるといったことが繰り返されているらしい。

何かよくないことが起きている。

そうは思っても、エルヴィーラにできることは何もない。王女であったときでも己の無力さに歯がゆい思いをしていたのに、王女ですらなくなったエルヴィーラは本当に無力な存在なのだ。

ビアンカが話してくれた王宮のことも気になっていた。心から協力してくれていた者たちが、そのせいで不遇な立場に追い込まれている。助けに行きたい。でも今のエルヴィーラは彼らに何もしてあげられない。心配する資格すらないのだ。

そんなある日、ウェルナーの屋敷の周辺で騒ぎが起こった。

「王女殿下、お出ましを！」

騒ぎを聞きつけ、ウェルナーや屋敷周辺を守っていた者たちが外に出て、騒ぐ者たちを抑えにかかる。

「王女殿下はこちらにはおられない！」

「嘘だ！　殿下はウェルナー様の預かりになったと聞いた！」

彼らはエルヴィーラが身分を剝奪されただけでは気が収まらず、断罪に来たのだろうか。

青ざめるエルヴィーラを、ビアンカが窓辺から奥へと連れていく。

「エルヴィーラ様が気になさることはありません」

「でも……」

騒ぎはますます酷くなっていくようだ。

エルヴィーラは辛くなって俯いた。

「ここまで追いかけずにはいられないほど、わたくしは彼らに恨まれていたのかしら？」

「違います！　エルヴィーラ様を恨んでいる人なんてもういません！」

激しい口調にびっくりして、エルヴィーラは顔を上げる。目にしたビアンカは、憤って泣きそうな顔をしていた。

〝もういません〟？

引っかかりを感じ、エルヴィーラは訊ねる。

「ねえビアンカ、あなた何か知っているの？　だったら教えて」

少し躊躇ったあと、ビアンカは思い切って言った。

「あれは、エルヴィーラ様の即位を望む人たちの暴動です」

「え……？」

思いがけない話に、エルヴィーラはぽかんとする。

「嘘……だって、皆わたくしのしたことに抗議を……」

「そんなの、宰相様に煽動されたごく一部の人たちだけです」

そこで踏ん切りがついたのか、ビアンカはとうとうと話しはじめた。

「宰相様が先日、税の引き下げはしないと発表したんです。災害や他国の脅威から国を守るためには、まずは国庫の富を回復させなければならないと言って。宰相様はご自身の蓄えを民に分け与えましたが、それも十日ほどのことで一時しのぎにしかなりませんでした。あれはエルヴィーラ様を真似た人気取りだったんじゃないかって、もっぱらの噂です」

「え……わたくしの真似……？」

戸惑うエルヴィーラに、ビアンカは憤慨しながら言った。

「そうですよ！　エルヴィーラ様は、ご自分がどれほど民に慕われていたか、わかっておられないのです。宰相様に煽動されてエルヴィーラ様に非難を浴びせた人もいましたが、それは本当に一握りです。多くの人々は王女の身分を返上したエルヴィーラ様のことを心配していました。――皆、エルヴィーラ様が望んで王女の身分から降りられたと思っていたからこそ、口をつぐんでいたんです」

エルヴィーラは呆然としてつぶやいた。

「わたくしが望んで王女の身分を放棄したと思われていたの……？」

そんな無責任なことをしたと思われていたなんて。ショックでそれ以上言葉が出ない。

ビアンカが苦々しげに説明した。

「宰相様の策略ですよ。人気の高いエルヴィーラ様から王女の身分を剥奪したと知られたら、それを決めた宰相様たちに非難が及びます。だから、エルヴィーラ様が前国王陛下のしたことの責任を取って王女の身分を返上したということにするために、エルヴィーラ様ご自身の口から人々にそう言わせたんです」

　バルコニーでの宣言に、そんなからくりがあったなんて思いもしなかった。

「街の人たちに食事の余りを渡していたエルヴィーラ様に宰相様が『余計なことを』って繰り返し言っていたのは、エルヴィーラ様の人気を警戒してのことに違いありません」

　鼻息荒く言い切るビアンカに、エルヴィーラは目を丸くする。宰相ともあろう人が、そんな小細工を弄するだろうか。

「そんなわけは……」

　苦笑いを浮かべながら言うと、ビアンカは意気込んで言った。

「エルヴィーラ様はご自分を卑下しておいでです。たくさんの人がエルヴィーラ様を慕って感謝してるんですよ。このお屋敷にお世話になるようになって、出入りしてる人たちから話を聞くことがあるんですけど、その人たちがいろいろ教えてくれるんです。もちろん、その人たちにエルヴィーラ様がここにいるとは一言も言ってません。それなのに、病気でふせっていた人が配給を食べて持ち直したとか、食べるものに困っていた妊婦さんが配給のおかげで無事出産できたとか。一番よく聞いた話は、エルヴィーラ様の手首です」

「手首？」

　首を傾げるエルヴィーラに、ビアンカは呆れたような、泣き出しそうな笑みを向けて言った。

「みんな気付いていたんです。配給を始めたころから、エルヴィーラ様の手首がみるみる細くなっていったことに。お顔には出ませんでしたし、身体はドレスに隠れてわかりづらかったですけど、ドレスから覗く手首だけは隠しようがなかったんです。そのことを知っている人たちはこう言ってたんだそうです。『王女殿下も苦しみをともにしてくださっている。王女殿下がいらっしゃる限り、この国にもまだ未来はある』って」

エルヴィーラは、感極まって両手で口を押さえた。

役に立たない王女だった。できたことなど些末なものだった。

それでもわかってくれる人たちはいた。ふがいない王女《エルヴィーラ》に望みをかけて。

零れそうになる涙を、エルヴィーラは瞬きで押しとどめる。

「エルヴィーラ様を慕っていたのは街の人たちだけじゃありません。侍女や衛兵の皆さんも、声をかけてくださり気を配ってくださっていたエルヴィーラ様をお慕いしています」

ビアンカは一旦話を切ると、にんまり笑った。

「エルヴィーラ様の人気を脅威に感じていたからこそ、宰相様はエルヴィーラ様の善行を止められなかったんだと思いますよ。本来は王位継承権のない宰相様が王位に就くには、『最後の良心』と言われたご立派な宰相様のイメージに傷をつけるわけにはいかなかったんです」

「待って。アナリタもそのようなことを言っていたけれど、ホルエーゼは国王になりたがっているの？」

エルヴィーラが慌てて質問を挟めば、ビアンカは大きく頷いて肯定した。

「ええ、そうです。国の最高権力を握るには、それが確実な方法ですもの。けれど、クーデターを成功させてエルヴィーラ様から王女の身分を剝奪できたことで気が大きくなったんでしょう。減税はしないとのおふれを出したことで人々の反感を買い、宰相様の人気は急速に下がっています。国政議会は、人々の不満が高まっていることを理由に、宰相様の即位を渋っています。そこにきて、エルヴィーラ様が一介の侍女であるわたしを身体を張って助けてくださった話が広まって、エルヴィーラ様の人気は高まる一方なんですよ。おまけに、エルヴィーラ様が望んで王女の身分を返上したわけじゃないことも知れ渡って、今まで口を閉ざしていた人たちが声を上げるようになったんです」

エルヴィーラの中では、ホルエーゼは国のために尽力する善人というイメージが強いため、ビアンカの言うことはにわかに信じがたい。

そのことに言及するより、エルヴィーラには気になった点があった。

「口を閉ざしていた？　何に対して？」

「エルヴィーラ様が王女の身分を返上したことに対してです。エルヴィーラ様が国王陛下の悪政の責任をとって王女の位《くらい》を返上することなんてなかったって思ってる人が多いんだそうです。でも、エルヴィーラ様がそうおっしゃったからには、そのご意志を尊重すべきなんじゃないかってことで、皆黙っていたんだそうです。でも、自ら望んで返上したんじゃない、身分を剝奪されたんだって知って、エルヴィーラ様に王族の身分をお返しして、国を治めていただくことを望む声が高まっているんです」

エルヴィーラの身体が打ち震えた。

そこまで民に望んでもらえているなんて思ってもみなかった。彼らの気持ちは嬉しい。でも。

「でも、フィアンディーニの法律は女性が王位に就くことを認めていないわ」

「それは皆もわかっています。けれど、その法を覆してでも、エルヴィーラ様を女王陛下にと叫んでいるのです。それを宰相殿が厳しく取り締まって、逮捕者が続出しています」

「逮捕……！　逮捕された者たちはどうなったの!?」

焦って訊ねると、ビアンカは微笑ましそうに目を細めた。

「そんなふうに心配してくださるから、人々はエルヴィーラ様を慕うんです。――今のところ牢屋に入れられているだけで、刑罰が下されたということはありません。でも、こんなことが続けばいずれは……」

ビアンカが口を濁したそのとき、戸口でかたんと音がした。びくっとしてそちらを見ると、開かれた扉からウェルナーが入ってくる。

「もう大丈夫。彼らは追い払いました」

言われてから、外がすっかり静かになっていることに気付く。

「追い払ったって……誰も怪我などしていないですよね？」

「ええ。安心してください」

その言葉だけではどのように追い返したのかわからないが、ウェルナーの優しい声を聞くだけでエルヴィーラの心に安堵が広がる。

それと同時に、胸が引き裂かれるような思いがした。心地好いウェルナーの腕から飛び立たなければならないときが来たのだと悟ったからだ。

王女でなくなった自分にできることは何もないと言い続けて、ウェルナーの腕の中で安らいでいることもできる。けれど、王女に生まれ、王女としてふさわしくあるよう育てられたエルヴィーラには、これ以上己の責務から目を逸らしていることなどできない。

逮捕者たちに刑罰が与えられるのも時間の問題だろう。その前に何とかしなくては。

エルヴィーラは決意を込めてウェルナーに言った。

「お願いがあります。わたくしを王宮へ連れていってください。ホルエーゼに会わなくてはなりません」

ウェルナーは息を呑み、それから目を伏せた。

「――わかりました。仰せのままに」

ウェルナーはエルヴィーラが王女だったころのように、恭しく返事をした。

宰相への面会の許可はすぐに下りた。先日呼び出されたまま面会が先延ばしになっていたからだろう。その日の夕方、エルヴィーラはウェルナーと一緒に馬車に乗って王宮へ向かった。

正面の席に座るウェルナーにちらっと目を向ける。ウェルナーは、何故エルヴィーラが王宮に行きたがるのか、一度も訊ねなかった。察しているのかもしれないし、彼にとってどうでもいいことなのかもしれない。

エルヴィーラはホルエーゼに訴えるつもりだった。もっと民のことを考えてほしいと。国王と王太子の無駄遣いがなくなったからには、税を低くできるはずだ。空になってしまった国庫は、少しずつ回復していけばいい。そして、暴動の逮捕者たちの解放を。税を減らし、エルヴィーラが王位を継ぐつもりはないと宣言すれば、暴動を起こした者たちも納得するはずだ。民が暴動を起こさなくなれば、ホルエーゼにとっても喜ばしいはずだ。悪政を正すためにクーデターを起こした人だもの。国のためになるとわかってくれるはず。

ビアンカからいろいろ話を聞いたけれど、エルヴィーラは心のどこかでまだホルエーゼを信じていた。賢王と言われた祖父が選んだ人だからというのもある。国王になろうとしているのも、国のためにそうする必要があるからなのだと。

これまでと同じように、馬車は通用門から入った。

本宮殿の通用口前で降ろされたエルヴィーラは、甲冑をつけた兵士たちに出迎えられる。

「こちらへどうぞ」

一人の兵士に丁寧な言葉で促され、その者のあとに続く。すると、他の兵士たちがエルヴィーラの周りを取り囲んだ。

前回とは違う物々しい様子に、エルヴィーラは一抹の不安を覚える。

「何かあったのですか？」

「何かとは？」

ウェルナーが隣にやってきて問い返す。エルヴィーラは小声で訊ねた。

「前回は女官が一人で案内してくれただけだったのに……今日はどうして？」

ウェルナーはさらりと答えた。

「宰相殿のところへたどり着けない事態がまた起こらないようにとの配慮でしょう」

本当にそうなのだろうか。引っかかりを覚えたものの、ウェルナーは気にしていない様子だ。先に進むエルヴィーラと兵士たちを見送り、後ろからついてくる。

ほんのわずかな距離ができただけで心細くなってしまう。こんなことではだめだと気を引き締め、エルヴィーラはこれからのことに気持ちを集中させた。

半日考えたけれど、やはりエルヴィーラが王位に就くのは無理だ。この国では女性に王位継承が認められていないため、エルヴィーラが国政について学ぶ機会はなかった。今から学んだのではきっと遅すぎる。まともな統治はできないに違いない。それに、この国《フィアンディーニ》にはホルエーゼがいる。彼は賢王ルドルフォ崩御後、愚王ウンベルトによって混迷を極めた国を何とか持ちこたえさせた。

今は民の不満が高まっているようだが、その不満さえ解消できればホルエーゼは理想的な君主として、国を立て直し発展させることができるだろう。

兵士たちに囲まれたエルヴィーラは、中庭を臨む回廊を進む。前回はアナリタたちの笑い声などが響いていたが、今日は静まり返っていて誰の気配も感じられない。アナリタはどうしたのだろう。ここは彼女の虚栄心を満たすのにうってつけの場所だろうに。ここが彼女の場所になってしまったことに胸の痛みを覚えたのに、彼女がいないことが気にかかるとは何とも皮肉なものだ。

先導する兵士は、回廊を先へ先へと進む。兵士のあとをついていくエルヴィーラの脳裏に、クーデターの夜の出来事が蘇った。むせかえるほどの血臭。血に塗れ倒れ伏す者たち。けれど今は血の跡もなく、この場で繰り広げられた惨劇の名残は何もない。

とうとう控えの間まで行き着くと、兵士は迷うことなく入っていった。

この先で、父国王と弟王太子はウェルナーに……。そう思うと足が竦むけれど、エルヴィーラは勇気を振り絞って一歩を踏み出す。

玉座の間は、以前とほとんど変わらなかった。惨劇の現場となったはずなのに、血臭もしなければ血の跡もどこにもない。変わったのはここにいる人々だけだ。近衛隊士たちの代わりに銀色の甲冑をまとった兵士たちがずらりと並び、父や佞臣らの姿はもちろんない。空っぽの玉座の前には父のお気に入りだった赤に金の象眼がされた飾り机が置かれ、その横にホルエーゼが立っていた。

「ようやく来たか。さあこちらに」

尊大な態度でエルヴィーラを呼び寄せる。

エルヴィーラは歩を進めながら話しかける。

「今日はお話があって来たのです。聞いてもらえますか？」

「話？　それならここにサインをもらってから聞こう」

話を聞いてもらえるとわかってほっとして、エルヴィーラは壇に上がり机の前に立つ。ペンを受け取ったそのとき、背後からウェルナーの声が凛《りん》と響いた。

「よく読んでからサインしたほうがいいですよ、エルヴィーラ様」

ウェルナーの声が変に遠い。気になって振り返ると、彼は玉座の間の中央で、二本の槍に進路を阻まれていた。

何故あんなことを……。戸惑っていると、ホルエーゼの声が急かす。

「はやくサインをするがいい。儂《わし》に聞いてもらいたい話があるのだろう？」

エルヴィーラはその言葉に意識を引き戻される。そうだ、話を聞いてもらわなければ。ホルエーゼにとっても悪くない話のはずだから聞き入れてもらえるはずだ。

ペンを持ち直して文書に向かう。もちろん読まずにサインなどしない。エルヴィーラはざっと目を通した。

が、そこに書かれていた思いがけない内容に目を瞠る。

エルヴィーラは顔を上げて問いただした。

「これはどういうことですか!? わたくしは王女としての権利を完全に放棄するための文書にサインが必要だと聞いていました。でもこの文書にはあなたとの結婚を承諾すると書かれているではありませんか……!」

宰相は忌々しげに表情を歪めた。

「時勢を読めぬ愚か者たちが、儂が国王になることを渋るのだ。君主不在の時が長引けば長引くほど、他国に付け入る隙を与えるというのに。そやつらは事あるごとにおまえの名前を出す。ならば、儂がおまえと結婚すれば、奴らも儂が王位に就くことに文句も言うまい」

宰相は口の端をつり上げる。目は笑っていない。その不気味さにぞっとして、エルヴィーラは身を退いた。

「ア……アナリタは……」

この国は重婚を認めない。離婚という制度もない。伴侶と死別したときに限り、他の者と結婚することができる。

エルヴィーラの顔から血の気が引いた。心の中ではじき出した答えを、どうか否定してほしい。

「あなたはアナリタと結婚を……」

震える声で重ねて問えば、宰相は酷薄な笑みを浮かべた。

「残念ながら、あれは数日前に不慮の事故で……」

予想がついていても、それでもショックだった。

不慮の事故だなんてよく言う。自分の野心のために、事故に見せかけてアナリタを殺害したに決まっている。

怖くてたまらなくて、エルヴィーラはホルエーゼから遠ざかるべく玉座の左手のほうへと後退った。

「あ……あなたは、わたくしをウェルナーに下げ渡したではありませんか」

「仕方がなかったのです。クーデターを成功させるにはそやつの協力が必要不可欠でしたので。――国王を倒すには、その周りを鉄壁の守りで固める近衛隊を、どうしても取り込む必要がありましてな」

急に慇懃な態度になったホルエーゼに、不気味さしか感じられない。エルヴィーラは寒気を感じて身を竦める。それに気付いていないのか、ホルエーゼは妙にへりくだった笑みを向けてきた。

「クーデターが成功したからには、そやつを懐柔する必要はありません」

ホルエーゼがさっと手を上げると、背後で金属の音がする。エルヴィーラがはっとして音のしたほうを見ると、鞘から抜かれた剣がいくつもウェルナーに向けられていた。

「何をするのです!?」

エルヴィーラが勢いよく向き直ると、ホルエーゼは侮蔑のこもった笑みを浮かべた。

「心優しい元王女殿下。あなたのせいで誰かが死ぬとなったら、さぞかしお辛いことでしょう。それがたとえ、あなたを王女の座から引きずり下ろした相手でも。さあ、サインなさい」

これが、この国最後の良心と言われた宰相のすることだろうか?

エルヴィーラは怒りにうち震えた。

「こんなことをしなくても、あなたが善政を行えば、皆あなたを国王と認めるはずです!」

「あなたの言う善政とは何ですか? おっしゃっていただけたら、その通りにいたしましょう」

嘲笑のこもった声からして相手にされていないと感じたが、この場を逃せば話を聞いてもらう機会も失われるだろう。エルヴィーラは怒りを押し殺して答えた。

「税を軽減し、クーデターへの協力の有無で差別されることをなくし、暴動を起こした者たちを解放してください。そうしてくださったら、わたくしは民の前で王位に就く意志はないと宣言しましょう。そうすればあなたは民の支持を得られ、わたくしがこの文書にサインしなくても、国政議会はあなたの即位を承認するはずです」

ホルエーゼは嘲笑をエルヴィーラに向ける。

「あなたはやはり何もわかっていない。事はそう簡単ではありません。様々な思惑が絡んで複雑なのですよ。ですが、あなたが儂の伴侶となれば、国政議会も異を唱えられまい。――サインをくださるのなら、エルヴィーラ様が今おっしゃられたことを実行するとお約束しましょう。ですからここにサインを」

机の上の文書を差す指を怖々と見つめてから、エルヴィーラは慎重に訊ねた。

「サインをしたら、ウェルナーも解放してくれるのね？」

「ええ、もちろん」

ホルエーゼは鷹揚《おうよう》に頷く。

……嘘に決まっている。サインさえさせてしまえば、あとは好きにするに違いない。ウェルナーとの約束を今まさに反故《ほご》にしようとしているのと同様に。

そうとわかっていても、今の状況ではサインを拒否することはできない。サインしないと言ったとたん、ウェルナーに剣や槍が突き立てられないとも限らない。数々の死線をくぐり抜けてきたウェルナーでも、丸腰で武装を固めた相手とは戦えないだろう。

だったらサインをする？　それも駄目だ。ホルエーゼのことはもう信用できない。

この国の未来を託せるのはホルエーゼを置いて他にはいないと思っていた。でも、彼が信用できない相手だとわかってしまった今、とてもそうは思えない。

どうしたら……。

エルヴィーラは、ちらりとウェルナーに視線を向けた。

そのとき、彼はにやりと笑う。

場にそぐわない笑みにエルヴィーラが困惑する間もなく、ウェルナーは低く張りのある声を玉座の間に響かせた。

「エルヴィーラ様も、ようやくその男の本性にお気付きになったようですね」

エルヴィーラは焦ってウェルナーに視線を送った。

挑発などしては駄目――そう叫ぼうとしたけれど、右手首を乱暴に引っ張られてエルヴィーラは体勢を崩した。

「きゃ……！」

小さな悲鳴を上げて、机に左手をつく。

顔を上げてエルヴィーラはぞっとした。

机に屈み込んだエルヴィーラを、ホルエーゼが恐ろしい形相をして見下ろしている。

る。

「さっさとサインするんだ！」

エルヴィーラが右手に持っているペンの先をインク壺につけ、それから文書に押しつけ
る。

焦るホルエーゼとは対照的に、ウェルナーは落ち着いた口調で告げた。

「その男に約束を守るつもりなどありませんよ。あなたがその文書にサインしたら、すぐに兵士たちに命じて俺を殺すつもりです」

「い、言いがかりを申すな！」

ホルエーゼの口調に動揺が混じる。右手首を摑む手に、一層力がこもってエルヴィーラは痛みに顔をしかめる。

ウェルナーが高らかに告げる。

「言いがかりだなんてとんでもない。ここにいる者たちが証人になるでしょう」

ウェルナーが長剣を抜いて合図をすると、剣を構えていた兵士たちが、一斉に刃先をホルエーゼに向ける。

「我々は、宰相殿から元帥閣下を殺すよう命じられていました。『生きた状態で玉座の間から出すな。乱心したのでやむなく処刑したと口裏を合わせるように』と」

整列していただけの兵士たちもバラバラと動いた。一部は壇に上がってホルエーゼを守るものの、その他の大勢はホルエーゼと彼らを囲んで剣を構える。

「お、おまえらは何をしておる!?　儂を守らんか！」

ホルエーゼがうわずった声を上げたそのとき、新たな声が響いた。

「観念したらいかがですか、宰相殿？　あなたの不正の証拠は揃っているのです」

その声の主は、たった今玉座の間に入ってきたレイ・ペサレージだった。彼の言葉に、エルヴィーラは目を瞠った。

「不正……？」

「そうです。その男は国王と王太子の贅沢を利用して、国庫の富を着服していたのです」

そんなことまでしていたなんて。エルヴィーラはぞっとしてホルエーゼに目を向ける。ホルエーゼは焦った様子で怒鳴った。

「でたらめを申すな！」

エルヴィーラはこの隙にと思ってホルエーゼの手を振り払おうする。が、しわしわの手は思いの外強くて、引っかこうが腕を振り回そうがびくともしない。

レイはゆっくり近付きながら、確信を持った口調で話す。

「証拠は残っています。国庫の出納《すいとう》記録と、各商人が管理していた王宮との取引の帳簿が。金額は同じでないとおかしいのに、商人たちに支払われた金額より国庫から支出された金額のほうが大きいんですよ。その差額は年を追うにつれ二、三割から二倍、そして数倍へと膨れ上がっています。国王たちの浪費に皆が気を取られているのをいいことに、やりた

い放題だったようだ」

「馬鹿な……！　記録は全部処分させたはず――」

ホルエーゼは慌てて口を閉ざす。罪を自白したも同然だと気付いたのだろう。

レイはしてやったりというように微笑んだ。

「ええ。そう指示されたと聞いていますよ。あなたの下で出納記録をつけていた者たちがね。あなたの悪事を知ってしまった者たちは、記録と同様に消されるのではないかと怯え、保身のために差額分の金をいつどこへ運んだかを詳細に記した記録も残しています」

信じられない。この国最後の良心と言われたホルエーゼが、そんな悪事まで働いていたなんて。ショックで思考が止まりそうだったけれど、呆然としているわけにはいかない。何とかしなくては。そのとき、エルヴィーラはあるものに目を留める。

その間にも、レイの得意げな話は続いた。

「宰相殿、あなたも国王や王太子と同じく、自分に阿る者以外をないがしろにしすぎた。あなたに脅《おど》かされたり恨みを募らせたりした彼らが、我々の強力な味方として合流したんです。今あなたに刃《やいば》を向けているのは、そういった者たちの一部ですよ」

レイの話を聞きながら、エルヴィーラは様子をうかがう。チャンスは一度。思い切りいかなくてはならない。

だが、望んでいたようなチャンスは訪れなかった。

「くそっ……！」

ホルエーゼは悪態をつくと、袖から小刀を抜いてエルヴィーラの喉元に突きつける。

「近寄るな！　近寄ればこいつを殺す！」

一瞬辺りはざわついたが、すぐに静まり返る。

右手を掴まれたままのエルヴィーラは、喉元に刃を当てられて身動きすらできなくなる。

「どうして？　あなたは、この国最後の良心と言われた人じゃないの……」

か細くも訴えるエルヴィーラを、ホルエーゼはせせら笑う。

「お幸せな元王女殿下。貴女の父親のようなクズに矜恃を散々踏みつけられながら仕えるなんて、自分の利に繋がることがなければやってられなかったんですよ。――だが、おまえが小賢しく人気取りをしていたせいで、民がおまえを王位にと望む。儂が私財を投げうって恵んでやったというのに！」

最後は怒りにまかせて叫んだホルエーゼに、レイは力強く言い返した。

「投げうったといっても、あなたが貯め込んだうちのほんの一部ではないですか。あなたが国と民からかすめ取った財は莫大だ。その罪はすべての財を返したところであがないきれるものではない。あなたが本性をさらした今、誰もがあなたの罪を信じることでしょう。観念することです」

あちこちの扉から近衛隊士が何人も入ってきて、エルヴィーラを盾にするホルエーゼを囲む。

近衛隊士たちの後ろから、国政議会に名を連ねる貴族たちが入ってきた。それを見て言い逃れができないと思ったのだろう。ホルエーゼは、エルヴィーラの喉に小刀をさらに突きつけてわめいた。

「近付くな！　王女がどうなってもいいのか!?」

その脅しに兵士たちは怯んだ。じりじりと後退る彼らを見て、ホルエーゼはせせら笑った。

「そうだ。もっと下がれ。――王女よ、死にたくなければはやくその文書にサインするんだ」

狂気じみた声にぞっとしたけれど、エルヴィーラは怯まず叫んだ。

「絶対にサインしません！　この国の命運をあなたに委ねてなるものですか！」

「この娘！」

ホルエーゼが逆上する。

エルヴィーラは右手に持っていたペンを左手に持ち、右手を拘束するホルエーゼの手の甲に突き立てる。

「ぎゃあ！」

ホルエーゼは悲鳴を上げてエルヴィーラの右手を離し、小刀を取り落とす。

そこから先は、まるで時の進みが恐ろしくゆっくりになったかのようだった。

兵士たちの間からウェルナーが飛び出してきて転がった小刀を拾い、ホルエーゼの首に突き立てる。

小刀が引き抜かれた瞬間、音を立てるがごとく勢いよく噴き出し、エルヴィーラの上にも降り注ぐ血。

驚愕に目も閉じられないエルヴィーラを、ウェルナーが背中に庇う。

周囲で起こる剣戟《けんげき》の音。

「武器を捨てて投降しろ！　おとなしくすれば殺しはしない！」

レイの声が響く。

重い剣などが階段を転がり落ちる音。

続く剣戟の音と断末魔の叫び。

「連れていけ！」

遠ざかっていく複数の足音。

エルヴィーラを庇っていたウェルナーが振り返ったときには、すべてが終わっていた。

足下に転がるホルエーゼからはもう血飛沫は上がっておらず、ぴくりとも動かない。他にも何人かが倒れ伏しているけれど、誰も気に止めない。

そして目の前には、全身に血を浴びたウェルナーの姿が。

瞬きもできずにいるエルヴィーラに、ウェルナーは跪いた。

「我々が全力でお助けいたします。どうか女王となり、この国を正しく導いてください」

女、王……。

状況についていけないながらも、エルヴィーラは何とか返答する。

「この国では、女性は王位を継ぐことができないと……」

「そのような法令は改正すればいいのです。この国のすべての者が、貴女が女王になってくださることを望んでいます。どうか、貴女の慈悲深いお心で、この国にかつての繁栄を取り戻してください。それができるのはエルヴィーラ様、貴女を置いて他にはいません」

他の兵士たちも、あのレイですら、エルヴィーラに向けて跪き、頭を垂れている。

女王になるなんて考えてもみなかった。途方もないことに怖じ気づきそうになる。何ができるかわからないけれど、必要とされるのならば精一杯のことをしたい。

「……わかりました。あなた方がそう望むのでしたらなりましょう——女王に」

喝采が湧き上がる。

この国初の女王誕生の瞬間だった。

エピローグ

エルヴィーラが女王になってからの日々は目まぐるしかった。

クーデターの後始末や、国政についての会議への出席、積み上がっていく許可証や命令書へのサイン、嘆願書を握り列を成す者たちとの謁見など。

母の母国スフォルトニアからも、外交官が派遣されてきた。三年ぶりにスフォルトニア大使との面談を果たしたことで、ホルエーゼがかの国からのエルヴィーラへの連絡を絶っていたことが判明した。

ホルエーゼが何のつもりでエルヴィーラとスフォルトニアの繋がりを阻んだのか。今となっては問いただしようもないが、おそらくはエルヴィーラとスフォルトニアの双方が知り得たことを突き合わせると、ホルエーゼにとって都合の悪い事実が浮かび上がるからだろう、とレイ・ペサレージは言った。

レイ・ペサレージは、現在宰相摂行《せっこう》――空位になった宰相の職務を代理で執行する役職――に就いて、エルヴィーラを補佐してくれている。ウェルナーの屋敷にいたころとは打って変わって、レイはエルヴィーラに礼儀正しく接し、様々な助言を与えてくれた。

クーデター後に発足した国政議会を残すよう提案したのもレイだ。

レイは下級貴族出身のため、宰相摂行という高位に就いたことを快く思わない上級貴族は多い。かといってレイと同等、あるいはレイ以上に女王を補佐できる人材はいない。そこで、国政議会を相談役として残すことによって、上級貴族の顔を立てようという話になったのだ。

このやり方が功を奏したのか、上級下級どちらの貴族からも文句が出ることはなかった。国政議会のメンバーも、どんな議案を提示してもすんなり承認してくれる。

ウェルナーを王配にすることがあっさり決まったときなどは、エルヴィーラが拍子抜けしたほどだった。女王になるからには王女であったとき以上に結婚相手を選ぶ自由はないだろうと、悲壮な覚悟で議会に臨んだのだから。だが、エルヴィーラがウェルナーを王配に望むと告げると、臨席した貴族たちから「二度のクーデターを成功させた英雄」「我が国一番の戦士が、女王陛下に一番近しい場所で警護できるのは都合がよい」といった発言が相次いだ。ウェルナーが一度目のクーデターの褒美にエルヴィーラを望んだのも、王家最後の生き残りを保護するためだったという美談にすり替わる。そして反対らしい反対もないまま、ウェルナーを王配にすることが決まった。

そして一ヶ月ほど前、エルヴィーラの女王即位式の日に、元帥であるウェルナーと結婚した。


今宵もまた、エルヴィーラは女王の執務室でレイ・ペサレージの報告を受けていた。

「——以上の貴族から、金品の返還がありました。あくまで『すべてはホルエーゼが勝手にしたこと。本当は受け取りたくなかったのだが、ホルエーゼに逆らえなかった。返せと言うのなら快く返そう』という態度を貫く構えです」

「そう……」

エルヴィーラはため息交じりに相づちを打った。

彼らは賄賂《わいろ》目当てでホルエーゼに追従していたのだ。ホルエーゼは賄賂をばらまくことでウンベルトの取り巻き以外の貴族を取り込み、権力を保持していた。賄賂の資金源は、もちろん着服した国庫の富だ。

賄賂を受け取っていた貴族たちは、二度目のクーデター後、脅されていたのだと主張してホルエーゼとの共謀を否定した。脅迫の内容はもっともらしいものから白々しいものまでと様々だったが、エルヴィーラは彼らの主張が嘘であることを、身を以て知っている。

彼らの、エルヴィーラを見下した態度は本物だった。あれは、どう考えたって脅された者が取る態度ではなかった。

だが、レイの内々の勧めで、エルヴィーラは彼らの嘘を受け入れることにした。彼らを裁くより、嘘を受け入れることで恩を売り、利用したほうが国のためになるからだ。

彼らは今、尊大な態度を取りながらもエルヴィーラに礼節を尽くす。エルヴィーラを見下していた過去を忘れたかのように。

時折彼らの肩を揺さぶって、あのころのことを問いただしたくなる。だが、それをしたところで波風を立てるだけのことだ。彼らに見下され続けて受けた心の傷は、きっと一生残る。たとえ謝罪を受けたところで、祖父と母の保護の下で自信に溢れていた自分にはもう戻れない。

過去を振り切り、エルヴィーラは微笑みながらレイに言った。

「予想通り、穀物の返還もあったのですね？　空にしてしまった王宮の備蓄も、これで一安心ね」

「はい。女王陛下のご英断には恐れ入ります。ホルエーゼ家から没収した備蓄のみならず、王宮の備蓄も最低限を残してすべて民に配給してしまうとは。おかげで餓死者が出ることなく、皆精を出して働いていると報告が上がっています」

エルヴィーラが女王になって一番最初に命令したのが、国中に食料を配給することだった。初夏の収穫期まであと二ヶ月を切ったとはいえ、そこまで食いつないでいけなければ意味がない。ホルエーゼが着服していた食料だけでは十分な量が確保できず、エルヴィーラは王宮の備蓄も使うことを提案した。それも、考えがあってのことだ。

「レイ、あなたが賄賂の中に大量の食料も含まれていたことを教えてくれたおかげよ。賄賂を受け取った者たちからは食料の返還もあるだろうとあなたが言ったから、踏み切れたことだわ。――ええっと、次は……」

エルヴィーラが書類箱から次の書類を出そうとしたそのとき、大きくて硬い手が細くたおやかな手首を摑んだ。

「今日の執務は、これでおしまいにしましょう」

ウェルナーだった。エルヴィーラが今日の執務を終えるのを、窓辺に寄りかかって待っていたのだ。痺れを切らしたのだろう。その表情は少し怖い。

エルヴィーラは申し訳なく思いながら微笑んだ。

「あともうちょっとだけだから」

「そんなことを言っていたらキリがありません」

ウェルナーの言葉にレイも同意する。

「元帥閣下のおっしゃる通りです。統治に必要なことは数限りなくあります故、女王陛下に承認していただきたい案件は次から次へと舞い込みます。残りは近日中にご確認いただければ結構ですので、明日にいたしましょう」

そう言われてもなお椅子から立てずにいると、ウェルナーが身を屈めてエルヴィーラの耳元に唇を寄せた。

「あまり根を詰めると、もう一つの女王の務めに差し障ります」

深みのある声で囁かれ、エルヴィーラはかあっと頬を赤らめた。

先日、侍医に言われたことを思い出す。

――女王陛下はまだお若いので焦る必要はないかと存じますが、お子を授かりたいのでしたらお身体とお心への負担を減らされることです。

父国王と弟王太子の行状に長年心を痛め、民のためにと食事を減らしていたところに、二度にわたるクーデター。エルヴィーラが思っていた以上に心身への負担が大きかったらしい。一度目のクーデターの翌日から三ヶ月あまり、月のもののとき以外はほぼ毎日睦《むつ》み合っているのに、子ができた気配は未だなかった。

ウンベルト即位以降国が荒れに荒れただけに、いちはやい世継ぎの誕生が望まれている。けれど、そういう話題になると照れて動揺してしまう。

エルヴィーラはちらっとレイを見た。レイは素知らぬふりでエルヴィーラがサインした書類の確認をしている。その様子を見てほっとしたエルヴィーラは、椅子から立ち上がる。そのときふと思い立って、レイに話しかけた。

「レイ、あなたを宰相摂行から正式な宰相にしたいの。どうしたらできるかしら？」

レイは書類から顔を上げて目を瞠った。

「それは……」

「あなたはホルエーゼ以上に良く務めてくれているわ。なのにホルエーゼより地位が低いのはおかしいでしょう？　それに、わたくしはあなたにもっと権限を渡したいの。早急に行わなくてはならないことが山積みなのに、いちいちわたくしに許可を得るのは時間の無駄だと思うの。わたくしは国政に明るくないから、あなたに言われた通りにサインをしているだけですもの。もちろん、そう簡単なことではないとわかっているわ。でも、あなたなら必ず正式な宰相になれるでしょう。そのために必要な段取りを組んでちょうだい。わたくしはあなたに言われた通りにします」

机の隅に置かれたベルを鳴らして侍女たちを呼び出すと、エルヴィーラはウェルナーと一旦別れて寝支度に向かった。

ウェルナーは満足げな笑みを浮かべて、執務室を出ていくエルヴィーラを見送った。

侍女たちの中に、エルヴィーラが最も信頼を寄せていたビアンカという名の侍女はいない。彼女は先日、良縁を得て嫁《とつ》いでいった。相手は下級貴族出身の下士官だ。エルヴィーラはビアンカとの別れを惜しんだが、彼女の幸せを願って快く送り出した。ビアンカが側からいなくなり、エルヴィーラが心を許せる相手はウェルナー一人になった。

退室間際のエルヴィーラの発言に衝撃を受けていたレイ・ペサレージは、扉が閉まってしばらくして「くっくっ」と押し殺した笑い声を立てた。

「まさか、こんなにもはやく女王陛下自ら仰ってくださるとは」

笑いたくなる気持ちもわかる。ウェルナーも事が上手く運びすぎて笑いたい気分だったからだ。

レイは笑い声を収めて、ウェルナーにすがすがしい笑顔を見せた。

「女王陛下が懐妊なさったら執務を減らすようお勧めし、その流れで摂行の名を返上するはずだったのに、予定が狂いましたね」

「順番が入れ替わっただけのことだ。問題ない」

ウェルナーがにやりと笑って答えると、レイも悪企みをするような笑みを浮かべた。

「あなたもお人が悪い。女王陛下はすっかりあなたの虜《とりこ》のようですね。あなたがいずれ、陛下から王位を取り上げようとしているのも知らないで」

ウェルナーは笑みを掻き消してレイを咎めた。

「その話はもうしないことだ。どこで誰が聞いているとも知れないからな」

「そうですね」

レイも表情を引き締める。

「これ以上は口にしませんので、一言だけ。——貴方を国王陛下として崇められる日を心待ちにしています」

　顔を上げたレイは満足げな笑みを浮かべて、それから静かに退室した。

　扉がきっちりと閉まると、ウェルナーは楽しげだった微笑みを酷薄なものへと変貌させた。

　レイは本当によく働いてくれた。その他の〝仲間〟たちも。

　――まだウェルナーが下級兵士だったころのこと。上司や上級兵士たちからのしごきや嫌がらせを淡々と受け流している間、同じ下級兵士たちから特別な目で見られていることには気付いていた。とばっちりを受けるのを避けるように、遠巻きにではあったが。

　それが変わったのは、ウェルナーがエルヴィーラを欲するようになってからだった。

　訓練に身を入れるようになり抜きん出た才能を発揮すると、それを快く思わない父親の差し金で死地に放り込まれた。他の兵士が恐怖で怯む中、ウェルナーだけが淡々と、ただ淡々と任務を遂行した。先陣を切るウェルナーのあとに、他の兵士たちは続くようになった。ともに死地から生還した兵士たちは、ウェルナーを命の恩人と崇め、ウェルナー一人だけが英雄と称えられ、民衆から熱狂的に迎え入れられた。

　だが、人々にどれだけ称えられようと、ウェルナーの地位が上がることはなかった。父親も、軍部で高い地位にある年の離れた異母兄たちも、ウェルナーを息子や弟と認めないくせに、彼の昇進話が上がるたびに身内面をして「あいつにはまだまだ」と話を握りつぶした。それは処刑人となり、国王に気に入られて近衛隊隊長になるまで続いた。

戦功を上げただけでは、エルヴィーラに手が届くところまで行けない。

時間の隙を見つけては、ウェルナーは書物を読んで学んだ。兵舎の物置にはここから出ていった者たちの忘れ物が積まれ、その中に軍に属する上で役に立つ書物もいくつかあった。

小窓から差し込む月明かりを頼りに書物を読んでいたときだ。レイと数人の兵士たちが物置に入ってきて、ウェルナーに話を持ちかけたのは。

——我々のリーダーになっていただきたい。

彼らは英雄を求めていた。腐った王侯貴族に鉄槌を下し、彼らの理想とする国を作る新たな指導者を。

ウェルナーは彼らを利用することにした。

彼らはウェルナーを旗頭に同志を集め、クーデターに備えた。

だが、ホルエーゼの存在がクーデターを阻んだ。狡猾なあの男は自分を善人に見せるのが得意で、貴族や民衆の間で人気が高い。着服の件を暴露しその証拠を白日の下にさらしても、ねつ造だと言われるのは目に見えていた。国王と佞臣たちとともにホルエーゼを倒したとしても、ホルエーゼの支持者たちに逆賊として捕らえられ処刑される危険があった。

だから、まずはホルエーゼと手を組みクーデターを起こす必要があった。

ホルエーゼもクーデターを目論んでいることはすぐに調べがついた。

宰相の地位を利用してたらふく私腹を肥やしたはいいものの、それを派手に使えば誰かが気付いて国王に密告するだろう。国王の不興を買って処刑されたのでは話にならない。私腹を肥やす分には国王の浪費はいい隠れ蓑《みの》となったが、肥やした私腹を使うには国王の存在が邪魔になったというわけだ。あるいは、支持者が増えるにつれて気が大きくなり、国王にもなれると尊大な夢を見たのかもしれない。賢王ルドルフォの時代のホルエーゼは誰よりも忠義に厚く、それ故に国王に目をかけられていたというのだから、人とは変わるものだ。

だが、国王を守る近衛隊がホルエーゼにとって障害になった。隊長であるウェルナーはもちろんのこと、ウェルナーがレイとともに選んだ隊士たちも強者揃いで手こずるのは必至。時間がかかれば軍からも応援が駆けつけてクーデターは失敗する。——そのように仕組んだのだ。ホルエーゼがウェルナーたちと手を組まなければクーデターを成功させられないように。

すべてはエルヴィーラを確実に手に入れるためだった。

ウェルナーがクーデター協力の見返りにエルヴィーラを要求しなければ、彼女が殺されるのを止められなかったかもしれない。王族であり慈悲深い人柄から民に慕われていた彼女は、クーデター当初までホルエーゼにとって自身の野心を阻む邪魔者でしかなかった。

現に、一度目のクーデターで彼女を殺そうとしたのは、ホルエーゼの手の者だった。

首尾よくエルヴィーラを保護できたけれど、正統な血筋を持つ彼女をホルエーゼが放置しないこともわかっていた。理由をつけて王宮に呼び出したのも、エルヴィーラを亡き者にするためだったのだろう。

ところが、あの日を境に状況が大きく変わった。エルヴィーラが身を挺《てい》して侍女を庇った話が王宮内外に広がり、彼女の即位を望む声が高まったのだ。ホルエーゼはもちろんのこと、勝手に彼女を王宮へ送り出し「王女は不要」と言い切ったレイもこれには慌てた。

二人とも、彼女を見くびりすぎたのだ。エルヴィーラは権力を振りかざし民を苦しめた国王や王太子とも、身分の上にあぐらをかいて民を虫けらのように扱う貴族たちとも違う。民を心から案じ、寄り添うことを大切にする希有《けう》な存在だ。だからこそ、彼女の思いやりは失われていたウェルナーの心を呼び覚まし、生きている実感と歓びを与えてくれた。

そんな彼女を女王にと望む声が上がることを、ウェルナーは最初から見越していた。我欲の塊であるホルエーゼが、国王亡きあとの国の権力を握ろうとしたのだからなおさらだ。

本性を現すのが早すぎたホルエーゼは、玉座を手に入れるためにエルヴィーラを利用するしかなくなった。クーデターが成功したことで気を緩め好き勝手なことを始めたために、民の反感を買い、貴族たちにも警戒されたからだ。

長年抑圧されてきたホルエーゼは、自分の思い通りに国政を操れるという誘惑に抗えないだろう――レイがそう予想した通りになったということだ。

レイ・ペサレージは類い稀な頭脳を持ちながらも、下級貴族の生まれであるために、身分の壁に阻まれて大した出世は望めなかった。そんな彼が、何故ウェルナーに希望を見いだし過度に心酔するようになったのかは知らない。知りたいとも思わない。

肝心なのは、ウェルナーの目的を達成するのに使える人物かどうかということだけだ。ウェルナーの目的は、レイと彼がまとめ上げる軍の革新派たちの協力によって、着実に達成へと近付いている。レイたちもまた、順調に目標を達成していっている。

ウェルナーをリーダーとした第二のクーデターは目論見通り成功した。ウェルナーが顔色一つ変えずいとも簡単にホルエーゼを〝処刑〟した現場を見て、生き残った上級貴族たちは震え上がった。彼らも自分たちが〝処刑〟される理由ならいくらでもあることに気付いているのだろう。首にナイフを突きつけられて脅されているかのように、レイたちが作成しエルヴィーラも同意した議案に承認を下していく。

この点についても、上手く行きすぎなくらいだった。

英雄として名を馳せたウェルナーを貶めるべく、父親が命じてきた処刑の任務。それにより、エルヴィーラを手に入れるのに大きな障害となる〝良識〟を持った貴族たちを次々消していくことができた。第一のクーデターでは、佞臣たちとともに父親と異母兄たちを。彼らが生きていたら、クーデター協力の報酬としてエルヴィーラを手に入れても、身内面をして介入してくるのは間違いなかったからだ。エルヴィーラを監視するのにふさわしい地位も欲しかった。だから父である元帥と後継者候補に連なる者たちを、クーデターのどさくさに紛れて一掃した。

第二のクーデターでホルエーゼを倒せば、あとに残ったわずかな貴族は小者ばかりだった。殺されることを恐れて、ウェルナーたちの決定にこくこくと頷き賛成する。おかげでウェルナーはすんなりと王配に決定し、女王の護衛の役目を果たすという名目で、時間ができればいつでも彼女の側にいられる。

レイの退室後、しばし時間を置いてからウェルナーは女王の執務室をあとにした。上の階にある私室で夜着に着替え、ガウンを羽織って女王夫妻共用の寝室に入る。白い大理石の柱、壁画や天井画が描かれた広い室内。中央に、深緑の天蓋のついた大きな寝台がある。

室内に足を踏み入れたとき、エルヴィーラの姿はまだなかったが、もう一方の扉からほどなくやってきた。

ウェルナーと目が合うと、エルヴィーラは恥じらうように下を向く。初々しいその様子を見ると、欲望が突き上げてくるのを感じるのと同時に何やら感慨深い気分になった。

ウェルナーが王配になるのに最も大きな障害となるはずだったのが、エルヴィーラ本人の心だ。王女たらんとする彼女の意志は強固だ。自らを国に捧げる覚悟であり、もし純潔を失っていなかったら、最も国のためになる相手を王配に選んだだろう。そうさせないように、ウェルナーはエルヴィーラの純潔を奪った。王侯貴族の間では今もなお純潔が尊ばれていることから、結婚前に純潔を失えばエルヴィーラは国に有益な結婚とやらを諦めると考えたのだ。そうなれば、ウェルナーとの結婚を勧めるのはたやすいだろうと。

だが、無理やり純潔を奪うことによって、嫌われ、憎まれるだろうとも予想していた。それでもいい。もとより、手の届かない相手だったのだ。身体だけでも手に入ることでよしとしなければ。

ウェルナーの予想通り、エルヴィーラは純潔を失ってもなお敵意を向けてきた。自分が心を砕いてきた平民たちにも恨まれていると知ったときには、絶望してウェルナーの存在を心から閉め出した。

状況ががらりと変わったのは、彼女を熱湯から守ったときだった。

あれは不測の事態だった。間に合わなかったらと思うとぞっとする。自らの死も恐れたことのないウェルナーが、初めて感じた恐怖だった。背中一面にできたやけどはさすがに痛かったが、それよりもエルヴィーラの変化に驚いた。

人形のようだったエルヴィーラは生気を取り戻した。やけどを負ったウェルナーを心底案じ、ひたすら謝って、献身的に看病してくれた。

それは、ウェルナーに初めて安らぎというものをもたらした。愛する人《エルヴィーラ》がウェルナーただ一人に尽くしてくれている。ああ、これが俺の求めていたものだ――ウェルナーはそう思った。

一時は民に心を傾けたものの、女王になるとエルヴィーラの心は再びウェルナーのもとへ戻ってきた。

――わたくしは、元帥ウェルナー・アジェンツィを王配に望みます。

そのときの毅然としながらもかすかに震えていた様子に、ウェルナーは初めて出会ったときのことを思い出した。

――出自は本人にはどうにもならないもの。それをあげつらってひとを侮辱するとは。恥を知りなさい。

思い返してみれば、あのときのエルヴィーラも震えていたように思う。無理もない。小さな娘が、自分より倍も背丈のある男を複数相手にしていたのだ。叱り飛ばす勇気がよくあったものだと感心する。大人の女性たちが付き添っていたのだから、そのうちの誰かに代わって言わせればよかったものを。――だが、エルヴィーラにそんな選択肢は存在しない。エルヴィーラが自ら矢面に立ったからこそ、奴らを叱り飛ばした彼女の言葉はウェルナーの死んでいた心にも響いた。そう、あのときから、ウェルナーはエルヴィーラに惹かれていたのだ。

扉の前でもじもじとして近寄ってこないエルヴィーラに、ウェルナーはこの上なく優しい気分で微笑んだ。そして、ゆったりとした足取りで彼女を迎えに行く。そのときのエルヴィーラの、気後れしたような、途方に暮れたような表情も愛らしい。それでいて、ウェルナーから目を逸らせないでいるところに、抑えがたい情動をかき立てられる。

欲望の赴くままに抱き締め、顎を持って持ち上げれば、素直に仰向いて口づけを受け入れた。

ふっくらとした甘い唇を、二度三度とついばむ。名残惜しく思いながら離すと、ウェルナーはエルヴィーラの顔を覗き込んだ。

「会いたかった」

想いを素直に伝えると、エルヴィーラはほんのりと頬を染めながら困惑して言った。

「で、でも、さっきまで一緒にいたのに……」

恥じらって俯くエルヴィーラの頬を、訓練や戦闘によって硬くなった手のひらで包む。そっと上向かせて、ウェルナーはエルヴィーラの顔を覗き込んだ。

「俺は片時もあなたから離れていたくないんです。姿が見えなくなった瞬間から、貴女が恋しくてたまらなくなる」

エルヴィーラは、頬を薔薇色《ばらいろ》に染めて視線を泳がせた。

「わ、わたくしもあなたと離れるのは寂しいです……」

彼女の返事に満足して、ウェルナーはうっとりと笑みを浮かべる。

今のエルヴィーラには、抱かれはじめたころの拒絶や絶望はない。ウェルナーを受け入れ、愛される歓びに輝いている。

こんなふうになるとは予想外だった。

エルヴィーラの心境の変化は、ウェルナーにやけどを負わせてしまった負い目だったのだろうと思っていた。けれど、先日衝撃的な告白をされた。

――初めて出会ったころから、あなたのことが好きだったの。

だから無理やり奪われて悲しかったのだと、エルヴィーラは打ち明けた。

――でも、今はそれでよかったと思うわ。あんなことがなければ、わたくしはあなたを王配にと望まず、議会の選んだ人と結婚したわ。

つまり、ウェルナーの目論見は成功したというわけだ。そして、エルヴィーラは無理やり純潔を奪ったウェルナーを許したらしい。今は憎しみのこもった目で睨まれることはない。それどころか、甘やかな笑みを湛え、愛おしげな目でウェルナーを見つめる。その目で見つめられるたびに、ウェルナーの欲望は突き上げ、一層エルヴィーラへの想いを募らせるのだ。

ウェルナーはいきなりエルヴィーラを抱き上げた。

「きゃ……！」

エルヴィーラは小さく悲鳴を上げて、ウェルナーの首にしがみつく。

「おしゃべりはここまでにしましょう。一日中貴女の側にいながら手を出せなくて辛かったんです」

囁きかけた耳が真っ赤になり、エルヴィーラは小さな声で「わたくしも……」と答える。

寝台の上にそっと横たえ顔を覗き込むと、彼女の頬は熟《う》れた果実のように真っ赤だった。

「ウェルナー……」

エルヴィーラは名前を呼びながら手を伸ばしてくる。ウェルナーは求めに応えてエルヴィーラに覆い被さっていった。

「エルヴィーラ……」

名前を呼べるのは二人きりのときだけ。そして多忙を極めるエルヴィーラと二人きりになれるのは夜の間だけだ。

エルヴィーラが嬉しそうに微笑み目を閉じる。ウェルナーは勝利に歓喜した笑みを浮かべ、唇を重ねた。彼女の柔らかい唇を味わいながら、舌を歯列の奥に差し込む。小さな舌を探り当てて絡めれば、彼女はそれに応えて絡め合わせてくる。

人形のようになってしまったエルヴィーラを意のままに操るのも楽しかったが、彼女自らが求めてくれる歓びには敵わない。

それに、ウェルナーはまだ満足したわけではなかった。

エルヴィーラの心の中に、自分以外住まわせたくない。彼女が最も信頼を寄せる侍女に縁談を用意し、エルヴィーラから引き離したのもそのためだ。

民のことも、エルヴィーラの心を占める割合が減ってきている。レイたちの目指す国の在り方が、彼女の望む方向と一致していたからだ。その証拠に、エルヴィーラは更なる権限をレイに渡そうとしている。民を苦境から救うのは自分でなくてもよいのだ。むしろ、自分より適任者がいれば、躊躇いなく道を譲る。エルヴィーラはそういう女性だ。地位や権力に全く執着がない。あるのは下々への慈悲深い心だけ。

下々の者への憂いが晴らされれば、エルヴィーラは安心して彼らを忘れるだろう。そのとき、ウェルナーの望みは完全に叶う。彼女の身も心も、すべてウェルナーのものに。

キスの合間にガウンと夜着を脱がせ、愛撫を施す。痩せていた身体には程良く肉がつき、その柔らかさにウェルナーは夢中になる。

円《まろ》やかに実った胸の頂にむしゃぶりつきながら、手のひらを全身に這わせる。

「ああ……貴女の身体はどこを触っても気持ちいい……。貴女はどうですか？　エルヴィーラ……」

譫言のように訊ねれば、エルヴィーラも熱に浮かされたように喘ぐ。

「わたくしも気持ちい――あっ、そこ……っ」

「ここですか？」

ウェルナーは腿の内側の柔らかな肌に、大きくて硬い手のひらを何度も往復させる。

「あっ、ん、あ……っ」

エルヴィーラは甘い声を上げながら、ウェルナーの背中にしがみつく。その手が脱がそうとするようにガウンを引っ張るので、ウェルナーは愛撫を一旦止めて身体を起こした。

エルヴィーラを跨いで膝で立ちながら、もどかしくガウンと夜着を脱ぎ捨てる。下穿きも寝台の外に放り投げて視線を戻すと、エルヴィーラは物欲しげにウェルナーの身体を眺めていた。だが、すっかり勃ち上がったものまで視線を下ろしたところで、慌てたように目を逸らす。

数え切れないくらい身体を重ねたのに、彼女にはまだ初々しいところがある。そんなところにそそられて、つい意地悪なことを言ってしまう。

「これが欲しいですか？　ですが貴女の準備を調えないと」

そう言って、エルヴィーラの脚の間に隠されている秘めやかな部分に指を這わせる。双丘のすぐ下は、すでにじっとりと濡れそぼっていた。かき混ぜるように指を回せば、くちゅりと卑猥な音が立つ。

「ここはたった今触ったばかりなのに、もうすっかり濡れているようだ」

エルヴィーラは羞恥に頬を染め、いやいやするように身を捩った。

「あ……だって、あなたが他のところを触るから……」

「全身を触られて感じたということですか？」

念を押すように訊ねれば、彼女は真っ赤な顔を泣きそうに歪める。やりすぎたと反省し、ウェルナーはエルヴィーラに覆い被さって頭を撫でた。

「すみません。貴女が可愛くてつい……。そろそろ準備を済ませて、貴女の欲しいものを差し上げましょうか。俺もそろそろ我慢がきかなくなりそうです」

片脚を肩に担いで大きく開かせると、露わになった蜜口に指を一本ねじ込む。

「あぁ……！」

エルヴィーラは嬌声を上げながら仰け反る。

毎日のようにウェルナーのモノを受け入れているそこは、すでに柔らかく蕩けていた。ナカを広げるようにぐるりと指を回したあと、すぐに引き抜き、指を二本揃えてまた差し込む。

「あっ、あんっ、ん、あ、あ……っ」

止めどなく流れる甘い声と蜜。蜜壷はたっぷりと蜜を湛え、ぐちゅぐちゅと粘着質ないやらしい水音を奏でる。

ウェルナーは親指を器用に動かし双丘の間に潜り込ませると、愛液をまとわりつかせたそれでぷっくりと膨らんだ淫芽を押しつぶした。

「ひぁ！」

エルヴィーラは驚いたような嬌声を上げ、身体をびくんと跳ねさせる。そのまま淫芽をぐりぐりと捏ね回せば、立て続けに痙攣を起こした。

「あ！　ひぃん！　いっ、あぁ！」

快楽が激しいのか、身体を跳ねさせながら悶える。

「あっ、待って！　も、もう……！」

「イっていいですよ」

「嫌ぁ！　一緒でなきゃ――」

思わぬ言葉に、ウェルナーは指を止めた。

「え……？」

目に生理的な涙を溜めたエルヴィーラは、苦しげに喘ぎながら訴える。

「一緒にイきたいの。あなたと」

両腕を差し伸べられ、ウェルナーの身体はどくんと脈打った。求めていた人に求められる歓びに、愛しさがますます募り下腹に血が集まるのを感じる。

エルヴィーラの下肢から、ウェルナーはそっと指を引き抜いた。脚の間に腰を割り込ませ、覆い被さる。

「貴女は俺を煽るのがお上手なようだ。お望み通り一緒にイきましょう」

ウェルナーはエルヴィーラと視線を絡めたまま、自身に手を添えて入口を探る。それだけでも刺激になるのか、エルヴィーラは快感に耐えるように顔をしかめた。先端が蜜口と重なると、ぴくんと身体を震わせる。ウェルナーがぐっと腰を押しつければ、自らの胎《はら》にウェルナーを呑み込みながら、喘ぐように胸を上下させた。勢いよく突き進みたい衝動をこらえながら、焦らすようにゆっくりと入り込む。二人の結合が深まるにつれ、エルヴィーラは眉根を寄せながら唇を薄く開き、あえかな声を零した。

「あ……ん、あ、あぁ……」

背をしならせ、目をきつく閉じて頤を反らせていく様子が何とも艶めかしい。貪るように彼女を見つめていたウェルナーは、飢えが急速に膨れ上がるのを感じ、唾を呑み込んでそれをやり過ごす。

だが、もう我慢は限界だった。力任せに腰を押しつけ、彼女の胎の奥まで一気に突き進む。

「んぅ……っ」

エルヴィーラは苦悶を噛み殺した。シーツをきつく握って、達してしまいそうなのをこらえる。そうまでしてともにイきたがる彼女のいじらしさが愛おしい。

彼女の身体から力が抜けるのを見計らって、ウェルナーは律動を始める。ウェルナーの陰部はエルヴィーラから溢れた蜜ですぐに濡れそぼった。繰り返しぶつかり合うそこからは、ぐちゅぐちゅという卑猥な音が聞こえてくる。彼女の噛みしめられていた唇もほどけて、あえかな声が再び流れ出した。

「んん……ああ……」

「気持ち、いいですか？」

聞かずにはいられなくて、ウェルナーは息を上げながら訊ねる。

「気持ち、いい……あなたは？」

「気持ちいいですよ、もちろん」

エルヴィーラの表情が快感に蕩けてゆく。その表情に煽られて、下腹に一層血潮が集まるのを感じた。

あとはもうがむしゃらだった。力加減もなくひたすらに穿つ。突き上げに激しく揺さぶられる彼女を寝台に押さえつければ、二人の結合は深くなった。

ギシギシと寝台が軋む音に、グシュグシュと淫らな水が泡立てられる音がかぶさる。そこに二人の切羽詰まった呼吸の音が交じって、寝室は濃密な情事の空気に充たされていく。

彼女のナカが蠢いて、ますますウェルナーのものに絡みついてくる。

「あぁっ！　あっ、ウェルナーっ、ウェルナー、わたくし……！」

「イって……ッ、俺ももう――！」

「あぁ……！」

エルヴィーラは悲鳴のような嬌声を上げると、身体を仰け反らせ、四肢を強ばらせる。

熱く潤んだ襞が、自身に絡みついて締め上げる。すさまじい快感に耐えきれず、ウェルナーも熱い飛沫をエルヴィーラの胎内に迸らせた。

最後の一滴まで吐き出し、ウェルナーはエルヴィーラの上に崩れ落ちた。抱き締めるように両手で囲って首筋に顔を埋める。彼女の芳《かぐわ》しい匂いをかぎながら呼吸を整えていると、欲望が再び頭をもたげてくるのを感じた。すぐ側にある首筋に口づけ、二人の身体の間で押しつぶされていた乳房に手を這わせる。

本格的な愛撫になろうとしたそのとき、不意にエルヴィーラがウェルナーを押し退ける仕草をした。

「エルヴィーラ？」

顔を覗き込み、ここ二ヶ月の間に呼び慣れた名前を囁く。

エルヴィーラは喘ぐような呼吸を繰り返しながら、思い詰めたような目をしてウェルナーを見た。

「あなたは、わたくしの、どんなところが好きなの……？」

唐突な問いに目を丸くしたものの、ウェルナーはすぐに微笑みを浮かべた。

「貴女のすべてを愛しているんです。美しい顔や髪も、魅惑的な身体も、清らかな心も全部。貴女と出会ってから、俺は生きていることを実感できるようになったんです」

そう言うと、ウェルナーはエルヴィーラの胸元に顔を埋める。

ウェルナーの返事を聞いて、エルヴィーラは胸が締め付けられるような思いがした。

彼は本当にエルヴィーラのことが好きなのだ。

最初は理解できなかったし嘘だと決めつけもしたけれど、今ならばわかる。

そう、エルヴィーラはウェルナーの歪《いびつ》さにとっくに気付いていた。

彼は人を殺すことに少しも躊躇いを感じていない。彼が父ウンベルトとは違う恐怖政治を敷いていることも。ホルエーゼの死を目の当たりにした上級貴族たちは、ウェルナーに処刑されるのを恐れている。威厳を保つべく尊大な物言いをすることもあるけれど、そんなとき、エルヴィーラの背後に立つウェルナーに怯えた視線を一瞬向けるのにも気付いていた。

でも構わない。彼は民衆を虐《しいた》げない。国は息を吹き返しつつある。

ウェルナーは以前約束してくれた通り、エルヴィーラの望む世界をくれたのだ。

望みを叶えてくれた彼に望むものをあげよう。哀れなこの人を、自分のすべてで愛してあげたい。彼が望む限り、エルヴィーラのすべてで以て。

胸元にキスマークを散らしていたウェルナーが、不意に顔を上げてギラつく目でエルヴィーラを見据えた。

「一生――いや、永遠に離さない」

心を見透かされたような言葉にエルヴィーラは驚く。が、すぐにうっとりと微笑み、甘えるようにウェルナーの首にすがりついた。

あとがき

こんにちは。拙作をお手にとってくださり、ありがとうございます。

誇り高い王女に歪な愛情を抱いた男が、我が物にする計略の手始めに王女をその身分から引きずり下ろす話です（ヒドい・笑）。いやもう、ウェルナーのヤンデレっぷりが書いていて楽しかったです。最初ヤンデレが足りないと編集さん方に言われて盛ったのですが、お楽しみいただけましたでしょうか？　ＯＫ、まだ足りない、やり過ぎ、方向性がそもそも違う等、ご感想をいただけたらありがたいです。

原稿完成が遅れに遅れて、各方々にご迷惑をおかけしました。皆さんごめんなさい。

みずきたつ先生、愛らしくも儚いエルヴィーラと、若くも貫禄のあるウェルナーをはじめとした素敵なイラストをありがとうございました！　編集さん方、おかげさまで無事書き上げることができました。執筆の機会をくださり、ありがとうございました！

そして、最後までお付き合いくださった皆さん、ありがとうございました！　またお目にかかれる日が来るのを願っています。

市尾彩佳《いちおさいか》

Sonya
ソーニャ文庫

この本を読んでのご意見・ご感想をお待ちしております。

◆ あて先 ◆

〒101-0051
東京都千代田区神田神保町2-4-7 久月神田ビル
㈱イースト・プレス　ソーニャ文庫編集部
市尾彩佳先生／みずきたつ先生

死神元帥《しにがみげんすい》の囚愛《しゅうあい》

2018年5月6日　第1刷発行

著　　者　市尾彩佳《いちおさいか》
イラスト　みずきたつ
装　　丁　imagejack.inc
編集協力　蝦名寛子
D T P　松井和彌
編集・発行人　安本千恵子
発 行 所　株式会社イースト・プレス
〒101-0051
東京都千代田区神田神保町2-4-7 久月神田ビル
TEL 03-5213-4700　FAX 03-5213-4701
印 刷 所　中央精版印刷株式会社

ISBN 978-4-7816-9623-2
定価はカバーに表示してあります。

Sonya ソーニャ文庫の本

『淫惑の箱庭』　松竹梅

イラスト　和田ベコ